宝石之国

9

市川春子

登場人物介紹

磷葉石
硬度／三・五
主角。
一直在努力。

紫水晶
硬度／七
雙晶的其中一位。
不是沒有過「想要只有自己一個人」這種念頭。

紫翠玉
硬度／八・五
雙重人格。
想見金綠寶石一面。

藍錐礦
硬度／六・五
普通。
可是這樣的成員很珍貴。

鑽石
硬度／十
可愛。適應環境的能力很強。

黃鑽石
硬度／十
最年長。
不善於面對突發狀況，令人意外。

黑水晶
硬度／七
前任冬季巡邏。
時常皺著眉頭是有原因的。

辰砂
硬度／二
比誰都理解
金剛的孤獨。
黑鑽石
硬度／十
身心必須一同
變強才行。
感受到其中的壓力。
榍石
硬度／五
希望愜意地
做木工。
橄欖石
硬度／六・五
希望愜意地
製紙。
翡翠
硬度／七
過於信賴
藍柱石因而
內心感到矛盾。
藍柱石
硬度／七・五
溫柔又帶知性。
總是關心著大家。
西瓜碧璽
硬度／七・五
天天都過得很開心。
異極礦
硬度／五
很認真在思索自己的
未來，但還是天天都
過得很開心。
金紅石
硬度／六
以前又兇又火爆的醫生。
思考的盡是蓮花剛玉的事。

目次

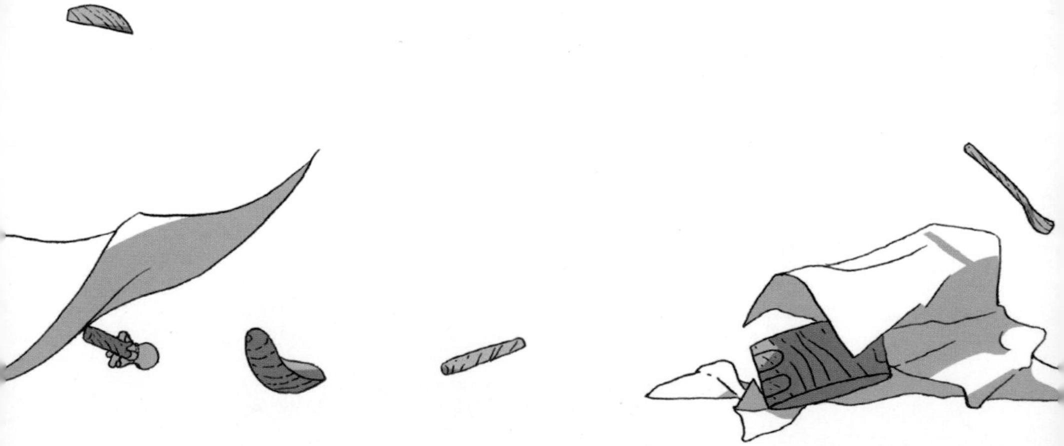

第六十二話
遠景

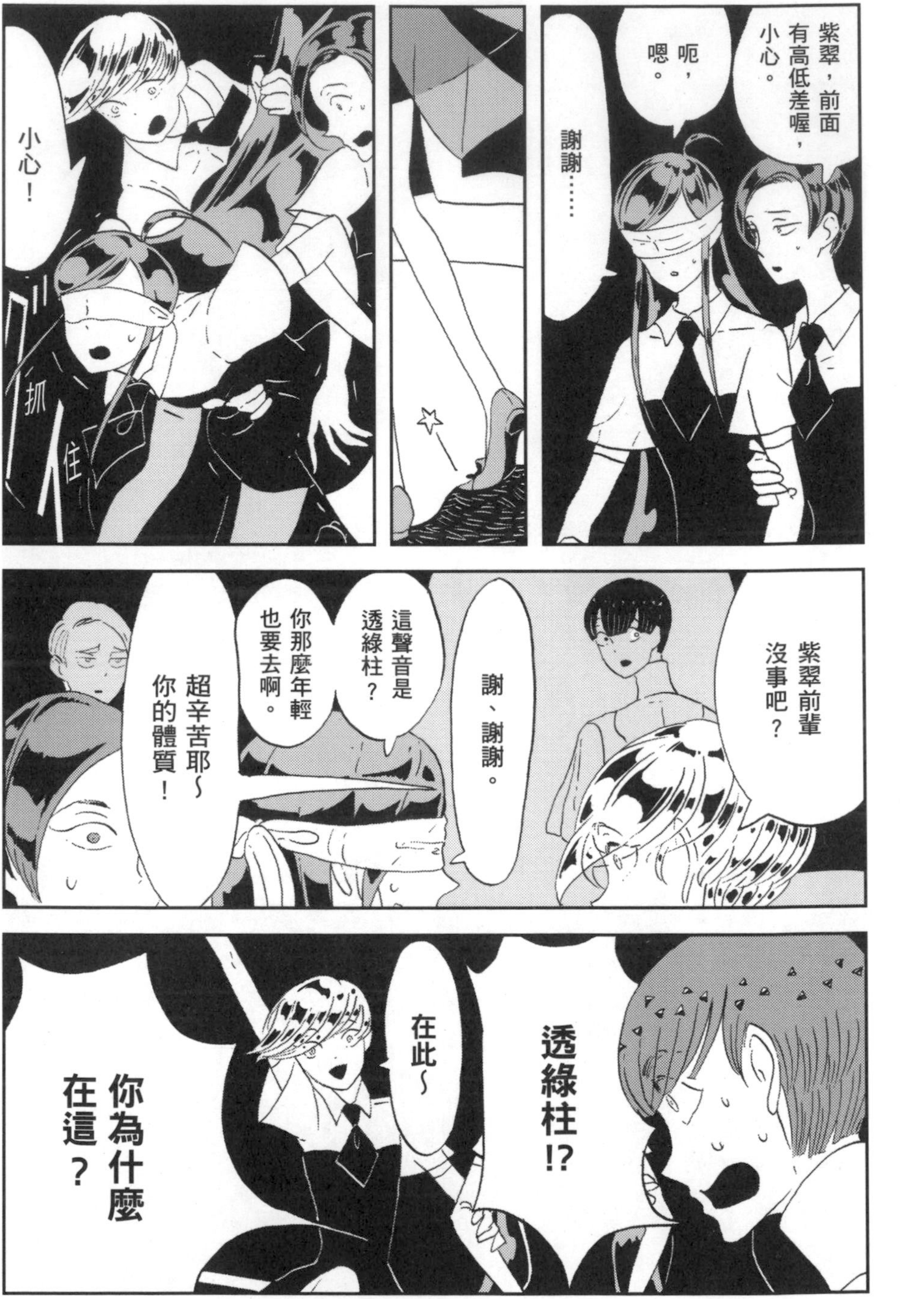
紫翠，前面有高低差喔，小心。
呃，嗯。
謝謝……
小心！
抓住
紫翠前輩沒事吧？
謝、謝謝。
這聲音是透綠柱？
你那麼年輕也要去啊。
超辛苦耶～你的體質！
透綠柱!?
在此～
你為什麼在這？

因為我就寢前經過黑水晶前輩的房間，
什麼!!現在!?
來，要出發囉
好啦好啦我換衣服你出去啦色狼
嗯嗯
聽到你們在說要不要去月亮，
我也想去～！
摩根不要緊嗎？
這個嘛，不要緊吧！
年輕人真是恐怖。
哎，算了。
好。
那就一起去吧。
叩咚
嘶……

各位，

要回頭現在還來得及。

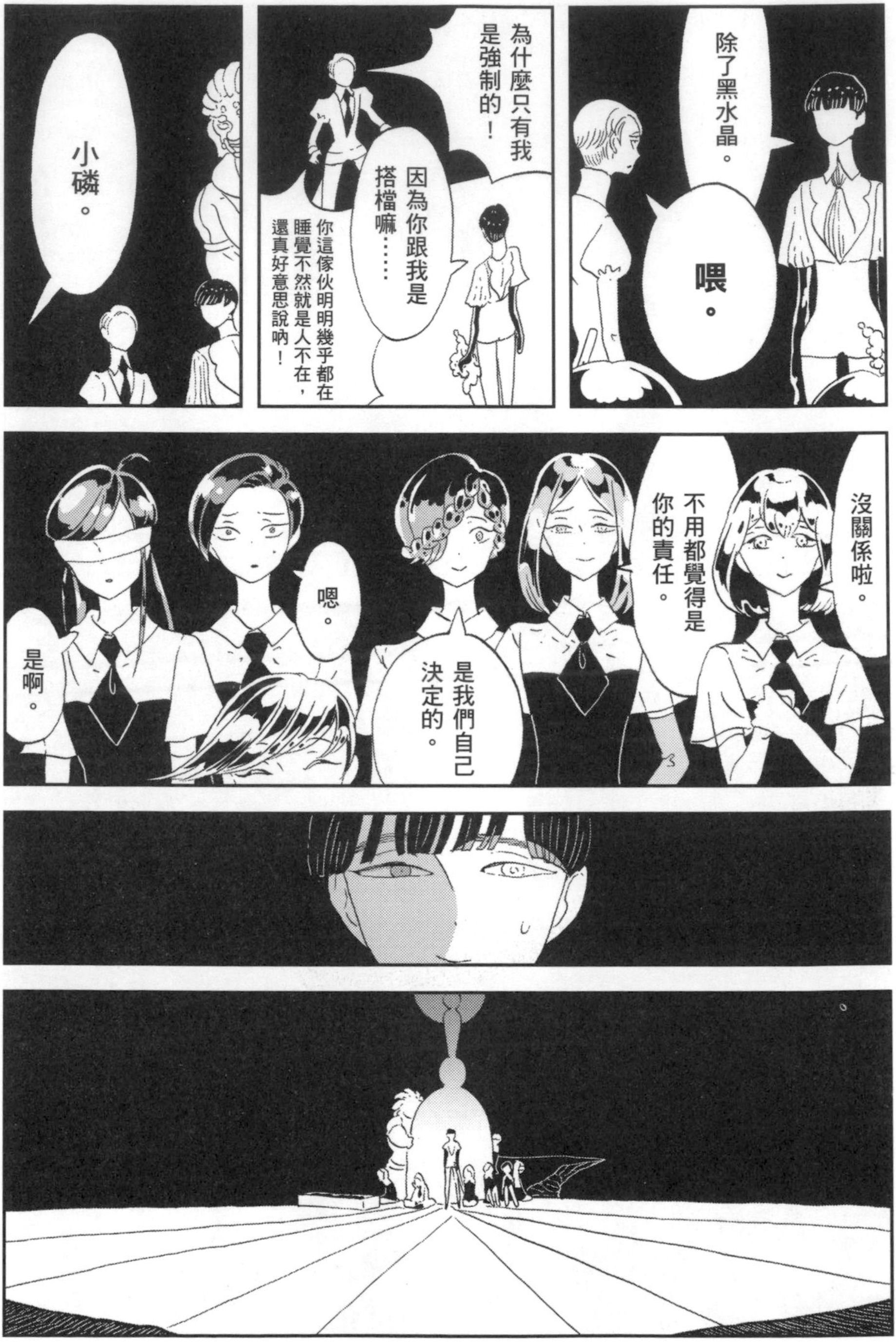
除了黑水晶。
喂。
為什麼只有我是強制的！
因為你跟我是搭檔嘛……
你這傢伙明明幾乎都在睡覺不然就是人不在，還真好意思說吶！
小磷。
沒關係啦。
不用都覺得是你的責任。
是我們自己決定的。
嗯。
是啊。

我覺得，

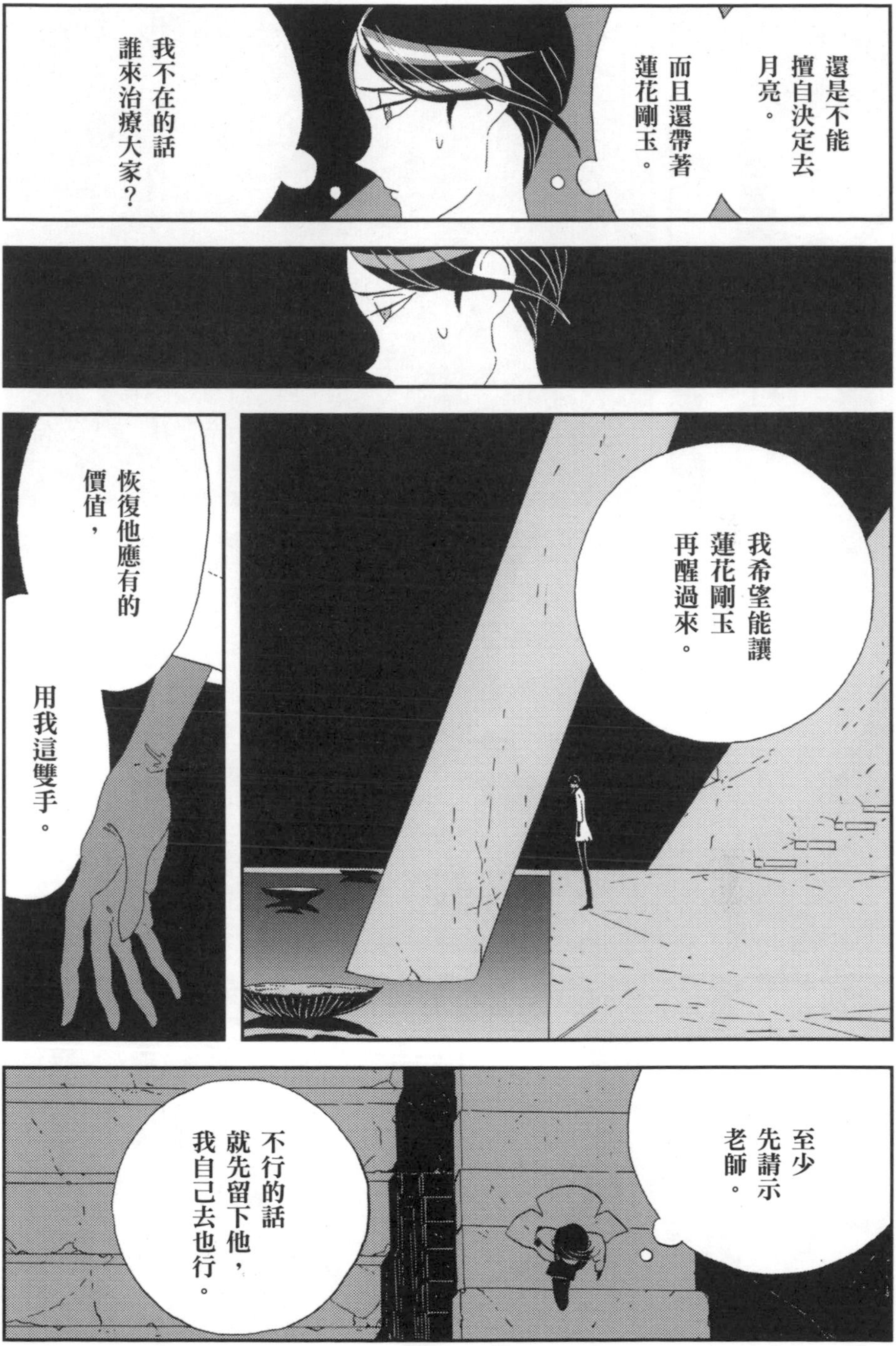
還是不能擅自決定去月亮。
而且還帶著蓮花剛玉。
我不在的話誰來治療大家？
我希望能讓蓮花剛玉再醒過來。
恢復他應有的價值，
用我這雙手。
至少先請示老師。
不行的話就先留下他，我自己去也行。

老…
老師！
小磷
不見了！
小鑽跟黃鑽，
還有幾個人
也不見了。

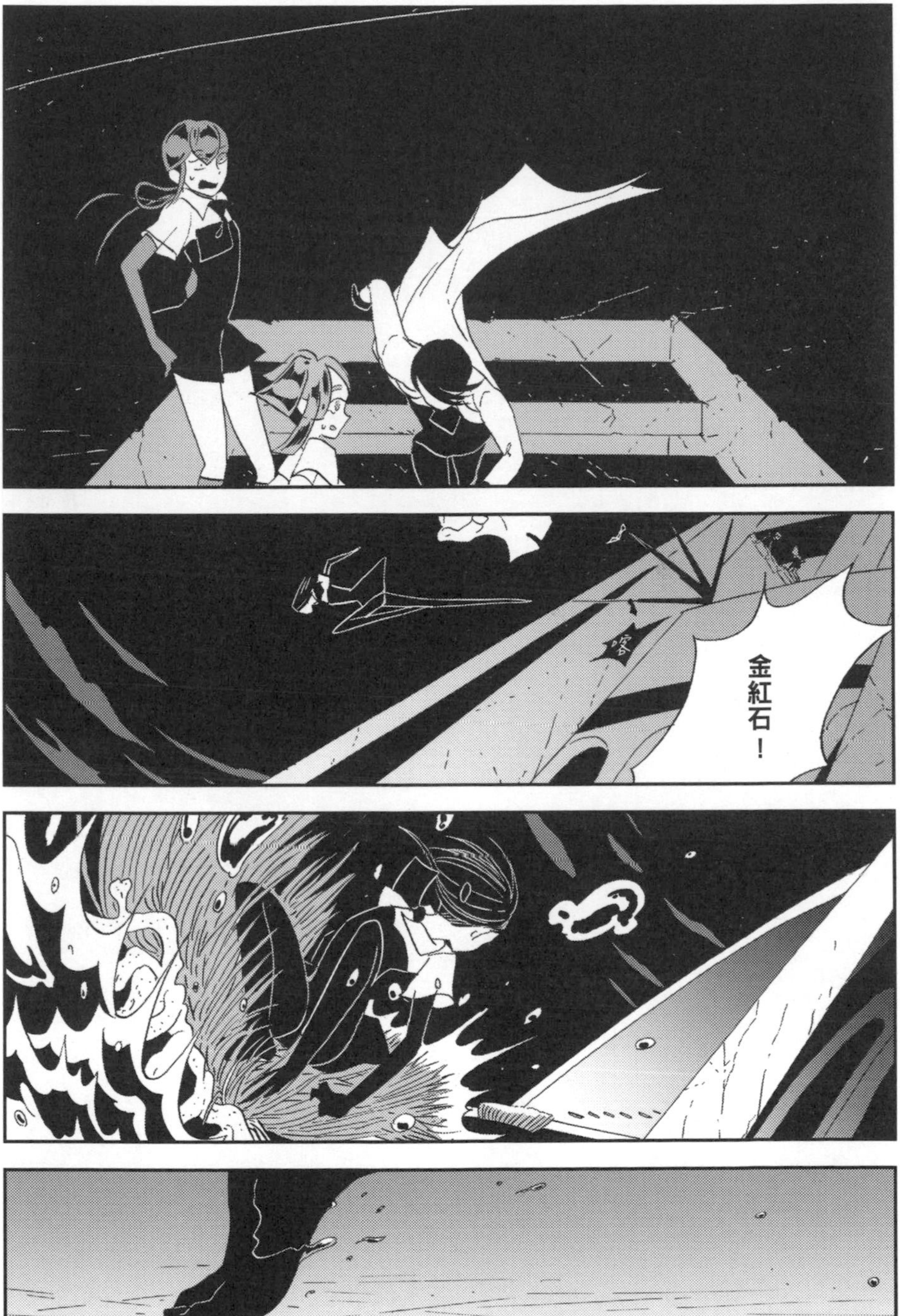
喀
金紅石！

裂
那……

那個混蛋~~~~~~~……！
金紅石！
藍柱！
虛之岬！
唰
好有彈性喔~
摸摸

第一次好好摸月人耶。
好有彈性又軟綿綿。
他叫賽米。
別看他這樣，其實人很溫柔。
你這傢伙太幫月人說話了吧。
感覺真奇妙。
小磷。你為什麼要帶蓮花剛玉一起來？
……為什麼呢……
呃……
啊。
……
……想讓金紅石輕鬆點……

蓮花剛玉
這樣說過吧？
這……
我不知道
……
不過，
很像他
會說的話。
賽米。
可以看外面嗎？
咚
咚
咚
嘰
啊……

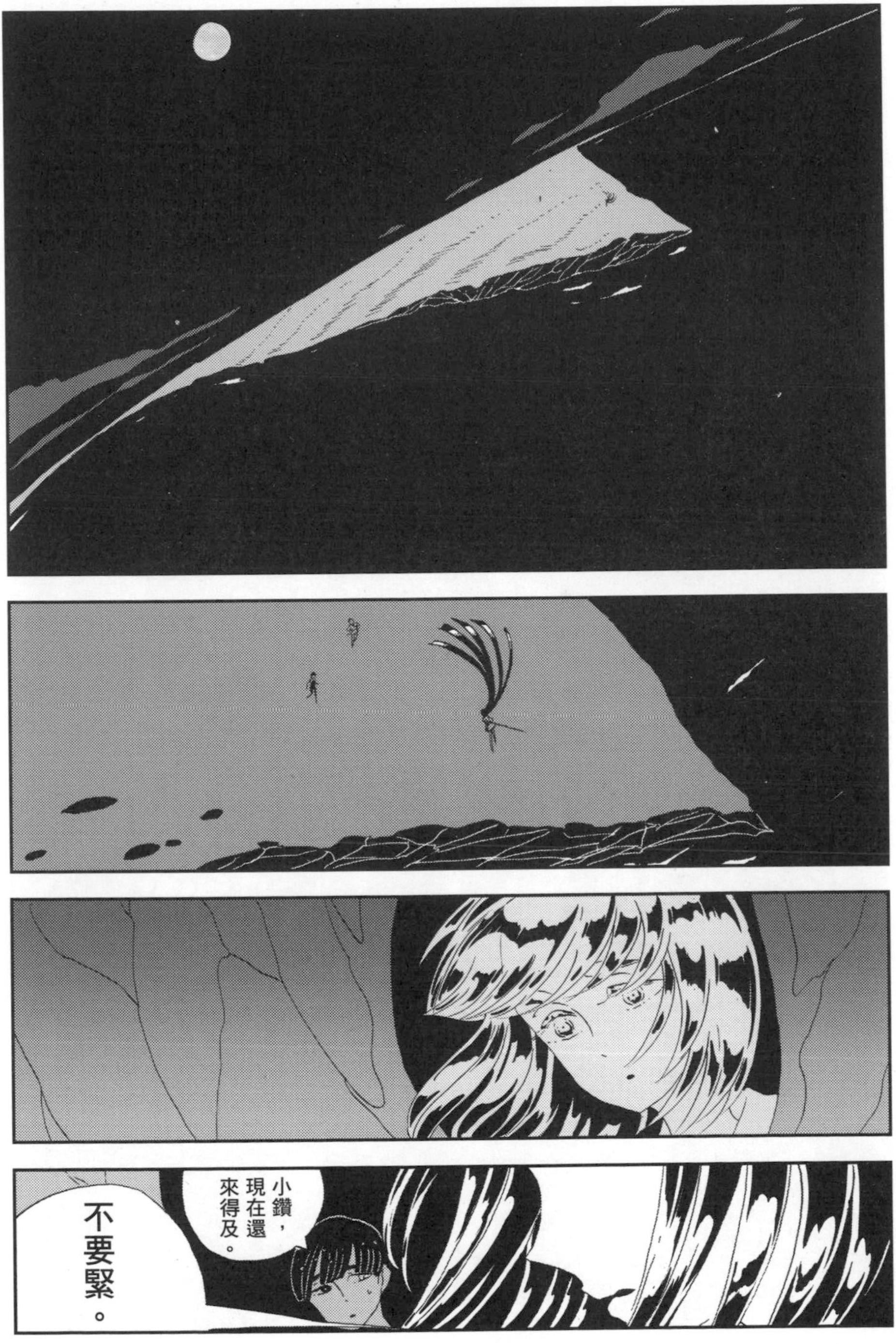
小鑽，現在還來得及。
不要緊。

距離那麼遠，還是那麼醒目呢。
黑鑽。

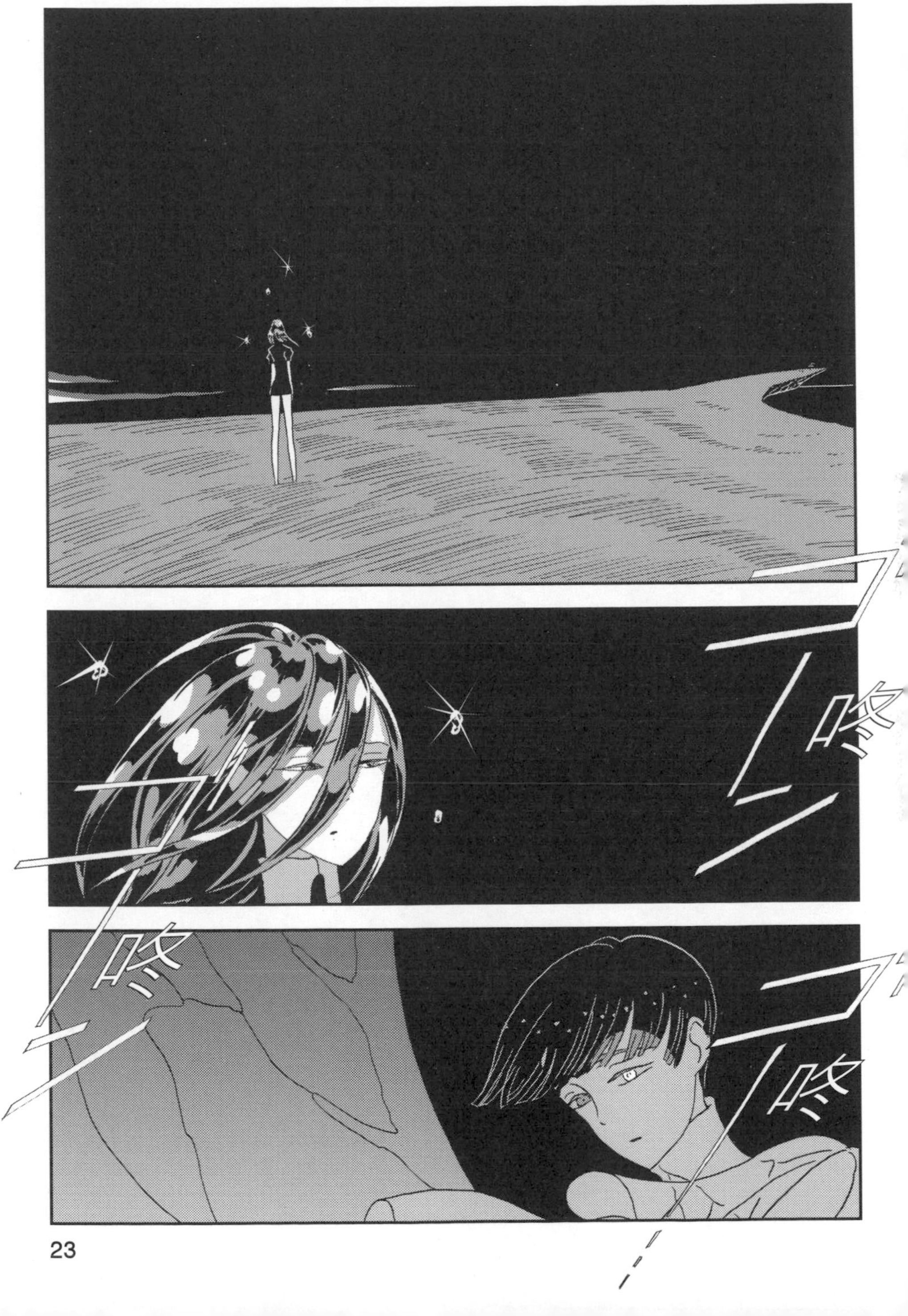
咚
咚
咚

〔第六十二話　遠景〕　終

第六十三話 期待

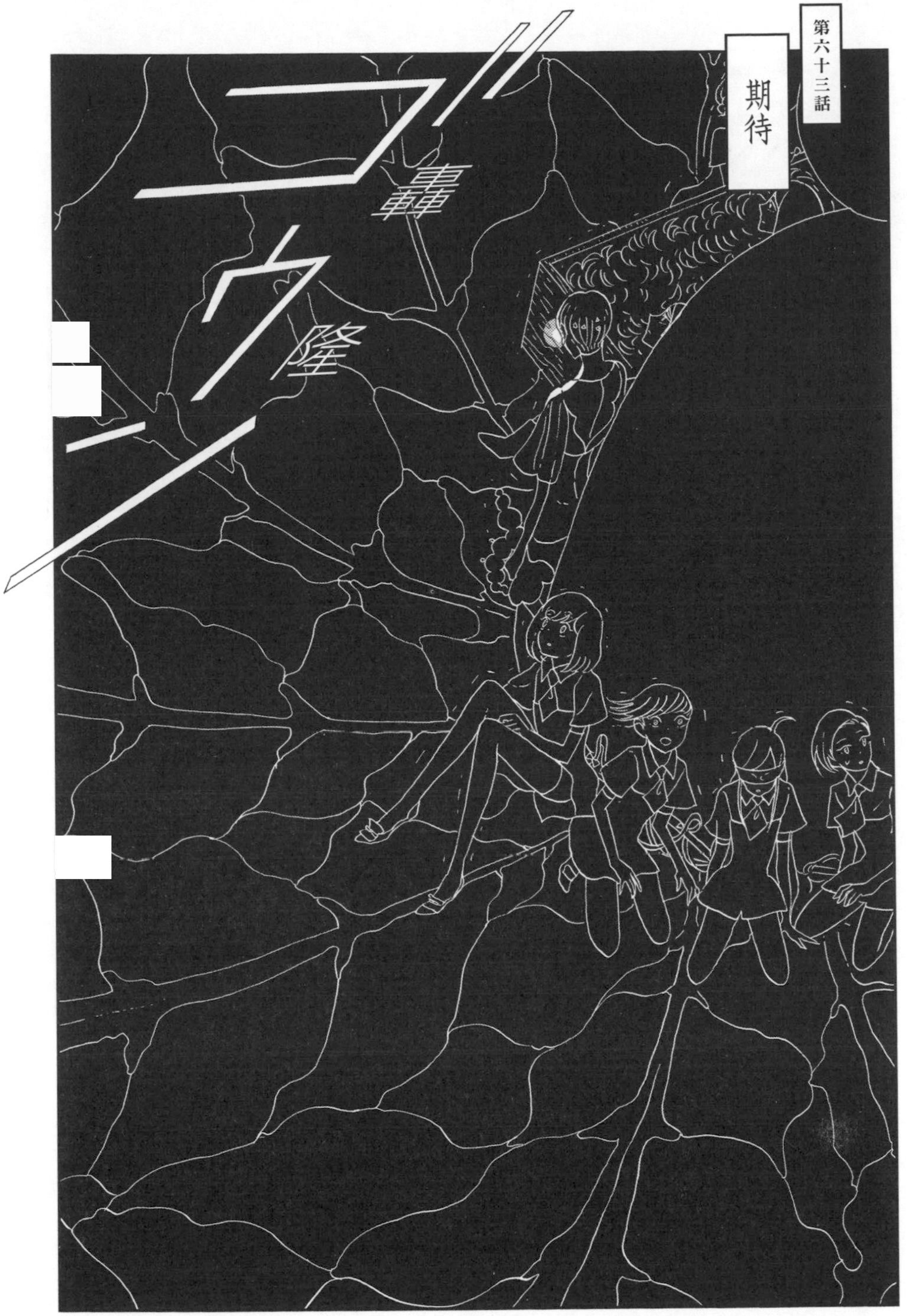

好快。
什麼？
哇！
啪

歡迎歸來。
同時
歡迎諸位
寶石光臨。
誠摯
歡迎你們。

那也是月人？
他在說話……吧？
是吧……
艾庫美亞。
驚
可不可以不要那樣叫我？
很害羞耶
這傢伙是怎樣。

他們是一起來的朋友。
藍錐礦。
紫翠玉。
透綠柱石。
鑽石。
黑水晶。
黃鑽石。
雙晶紫水晶的三十三。
我是八十四。

真的？
真的。
抱歉，我認錯了。
沒關係。
你是對的。
讓三十三上月亮太可憐了，
所以我就改了髮型分邊，就這樣瞞著小磷，
跟著上來。
三十？借一步說話
對不起騙了你。
不會。
彼此彼此……
叩咚

辛苦你了，將軍。
不會！
這是蓮花剛玉。
把他身體的開孔補起來或許就能動了。
同屬性但沒有內含物※的礦石比較好。
瞭解。
合成剛玉還有些庫存吧。
把最高品質暖色系的那些全部拿出來。
我來醫治。
蓮花剛玉先由我們保管沒關係吧？
不要磨碎他。
放心吧。
不會把他磨成粉的。

※存在於寶石體內的微小生物。

也不會動你們。
接下來你們就自便吧。
倒是特殊體質的紫翠玉有什麼打算？
總不可能一直那樣下去。
我會跟紫翠討論。
知道了。

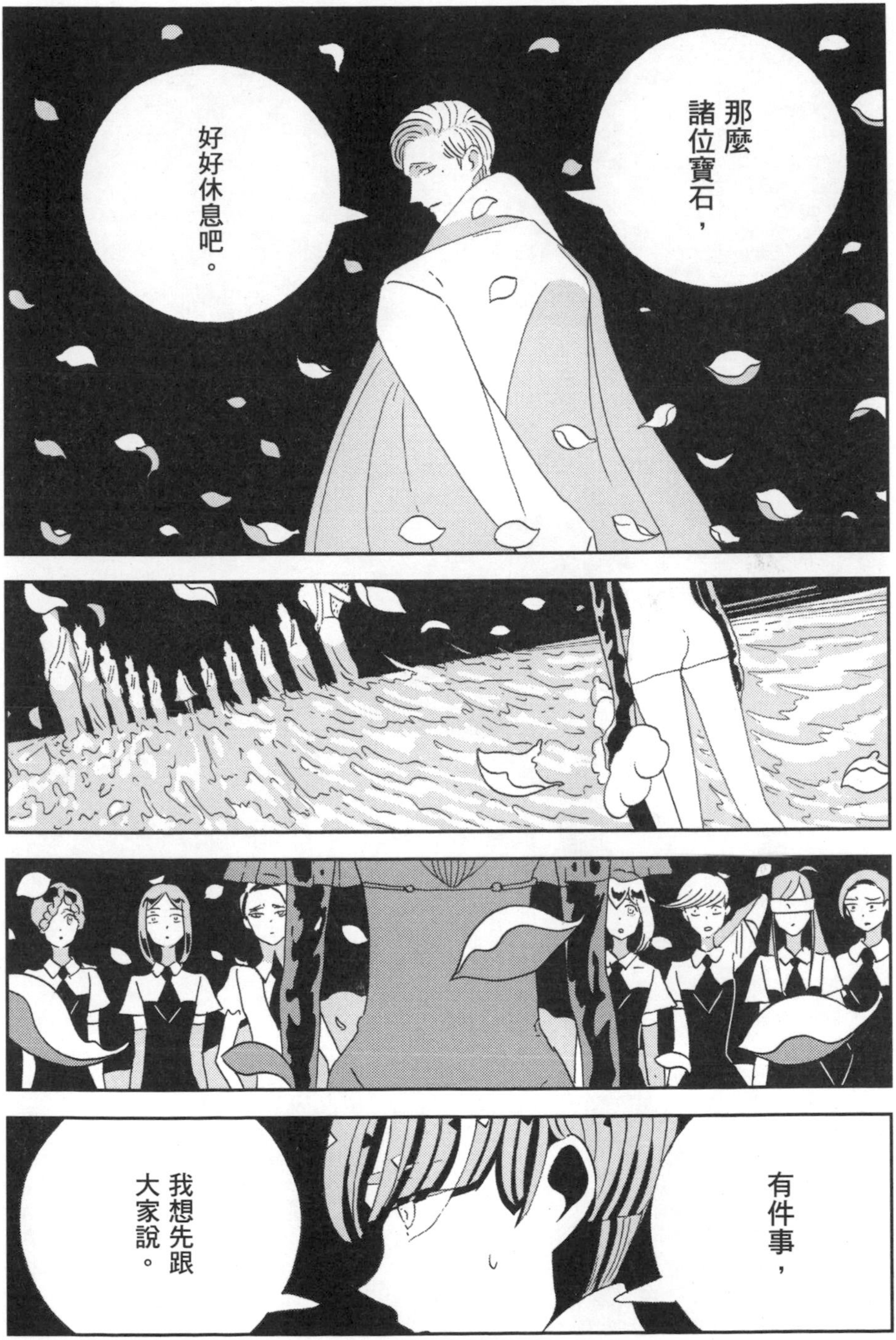
那麼
諸位寶石，
好好休息吧。
有件事，
我想先跟
大家說。

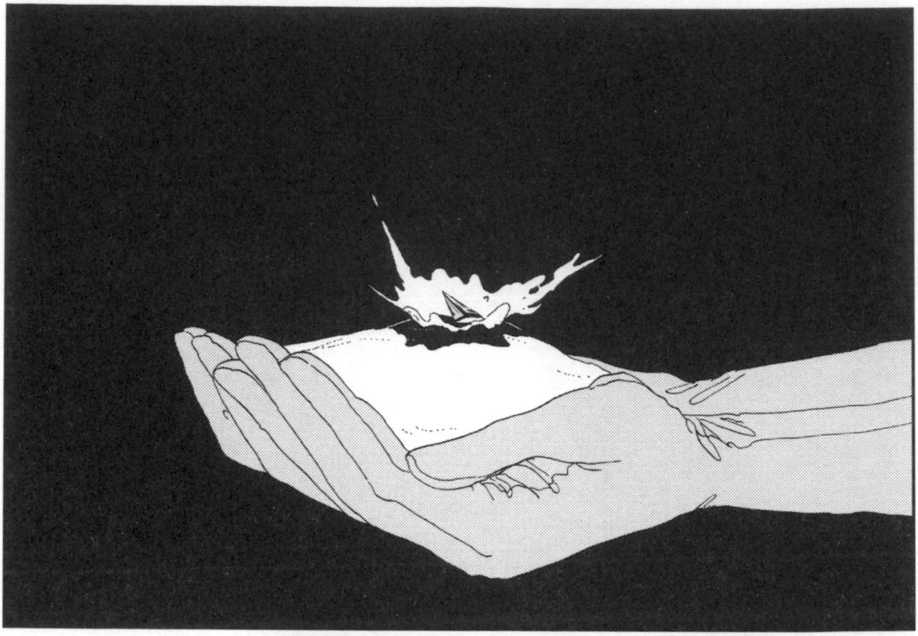

也就是說，

這些，
都是前輩們嗎……？
是的。

大家被
磨成粉，
鋪在月亮上。
令我們心情
起起伏伏的碎片
也是這裡製造的
仿冒品。
這也是為什麼
過了那麼久，
連一個人
都沒辦法
修復好……
這部分，
也是剛剛提過的計畫中的一環，
目的是想讓老師開始運作。
我說你啊……
居然完全相信那個叫
艾庫美亞的傢伙說的話。
那傢伙
可疑得要命耶。
我知道。
但他說的
也不全都是
謊話。
我去問了老師
「您真的是人類
的工具嗎？」，
他承認了。
真的假的
啦……

唉……早知道就多問一點了……
老師真的超——恐怖，就算沒有像以前那樣怕他，還是開不太了口。
應該單純是你心虛吧？
紫翠。
裂
唰
來之前沒能好好跟你解釋，對不起。
我想說應該很難讓你相信……
掉落
我去跟艾庫美亞交涉，叫他把大家從粉末恢復回來。

什麼時候？
什麼？
你還沒說嗎？
啊。
那是因為，
如果沒辦法讓月人、或者是說艾庫美亞信任我到一定程度，
想說可能會比較不好交涉…
裂開
咚沙

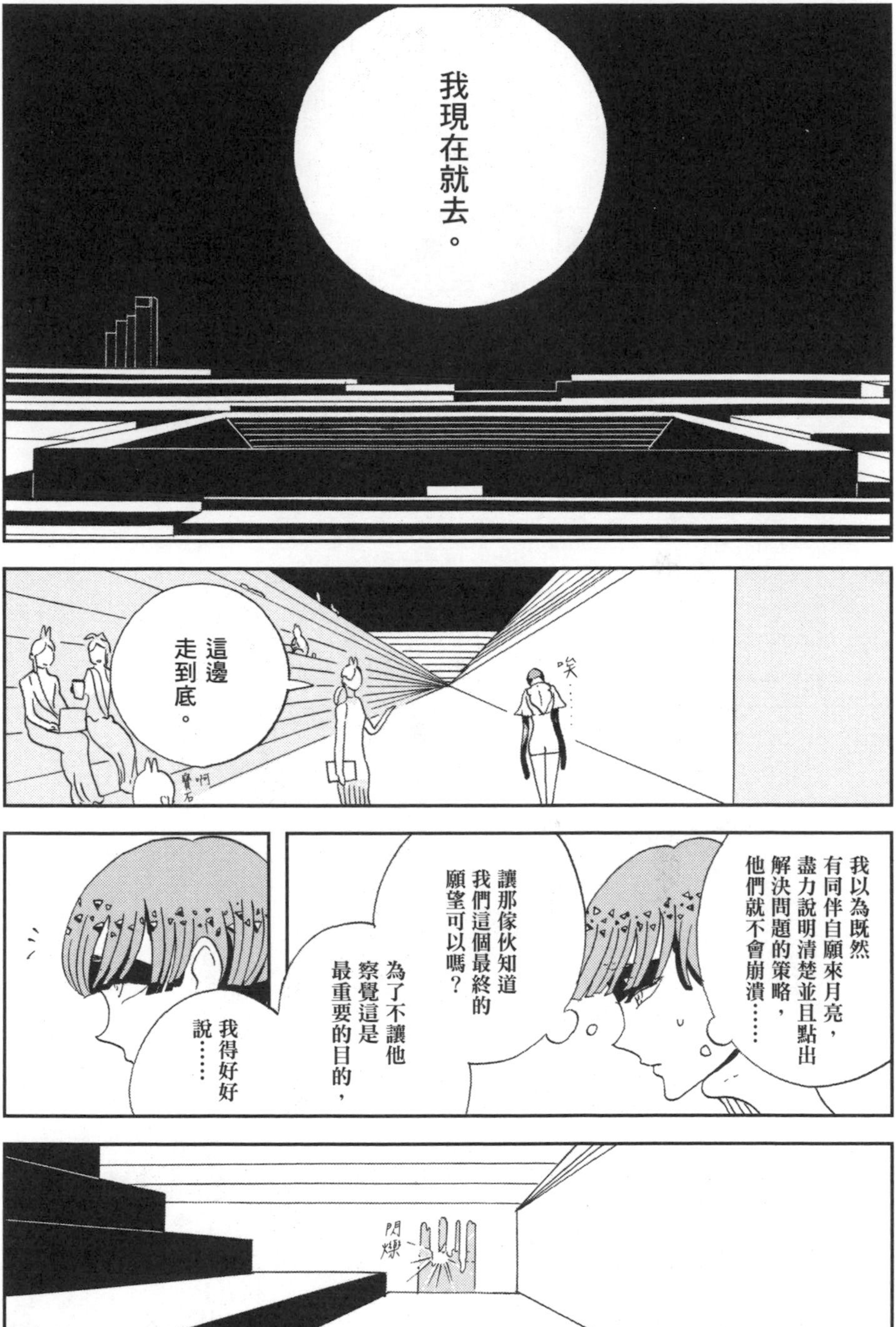
我現在就去。
這邊走到底。
寶石啊
唉……
我以為既然有同伴自願來月亮，盡力說明清楚並且點出解決問題的策略，他們就不會崩潰……
讓那傢伙知道我們這個最終的願望可以嗎？
為了不讓他察覺這是最重要的目的，
我得好好說……
閃爍

你是磷葉石吧？
啊……
我記得你的手是合金。
你……
想不到還真的裝上了青金岩的頭。
跟艾庫美亞說的一模一樣。
可以不要那樣叫我嗎？
啊啊，抱歉。
不過你居然採取背叛老師那麼大膽的方式。
我以為自己已經提醒過你做事要慎重點，因為後果太難以預測了。
可是，

我的身體從來沒有那麼舒暢過。
真是輸給你了。
你還需要回診，我要蒐集相關數據。
這兩三天行動別太劇烈。
知道了。
太、
太好了。
真的……

你也能夠
把寶石
從粉末恢復嗎？

試試看囉。
真的嗎？
只不過，
這與蓮花剛玉的情況不同。會花上相當久的時間喔。
沒關係。
你對我的要求就這些了嗎？
……是。

那換我告訴你我這裡的要求。
如你所見，我們還未化為虛無。

我很期待
你的下一步。

第六十四話
某日

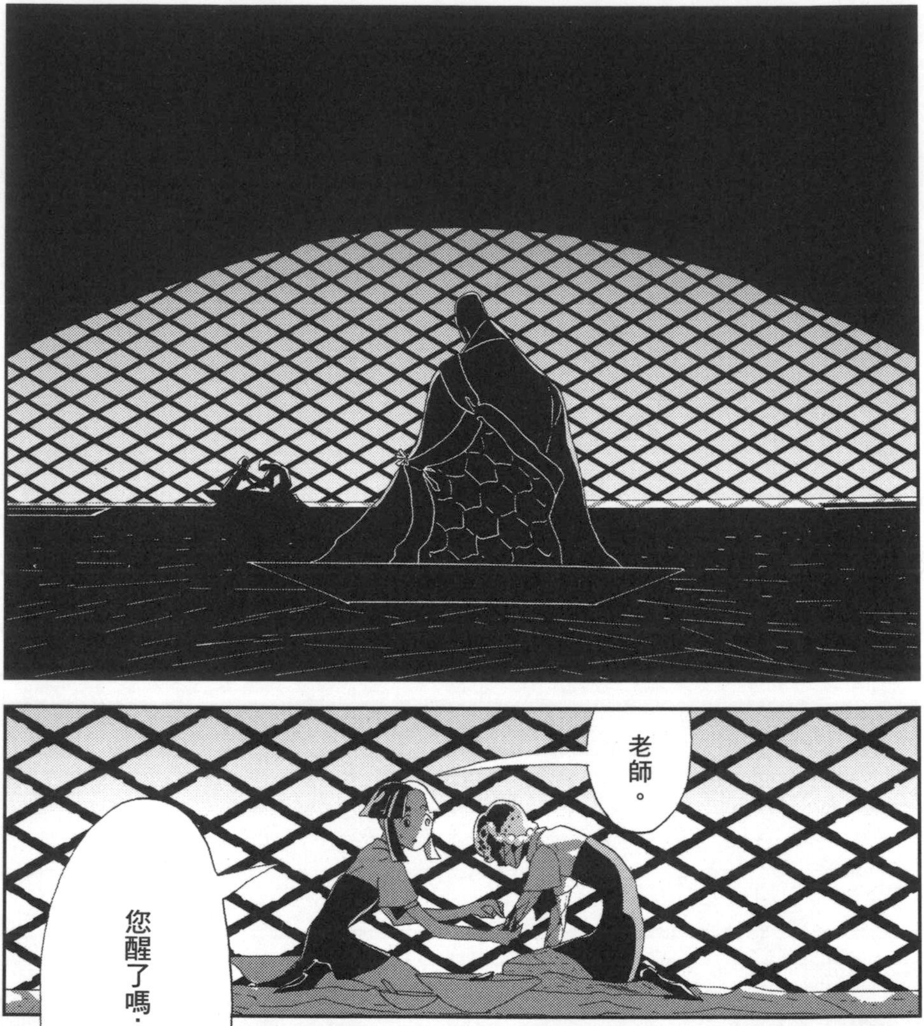
老師。
您醒了嗎……？

對不起。

走得了嗎？
可以。
紅綠柱石，
去緒之濱的懸崖那找大家後就……
金紅石往虛之岬的海岸去了……

抬起
老師。
是我，
是我最先聽從小磷勸誘的。
是我。
不是你的錯。
黑鑽在海岸的更深處。

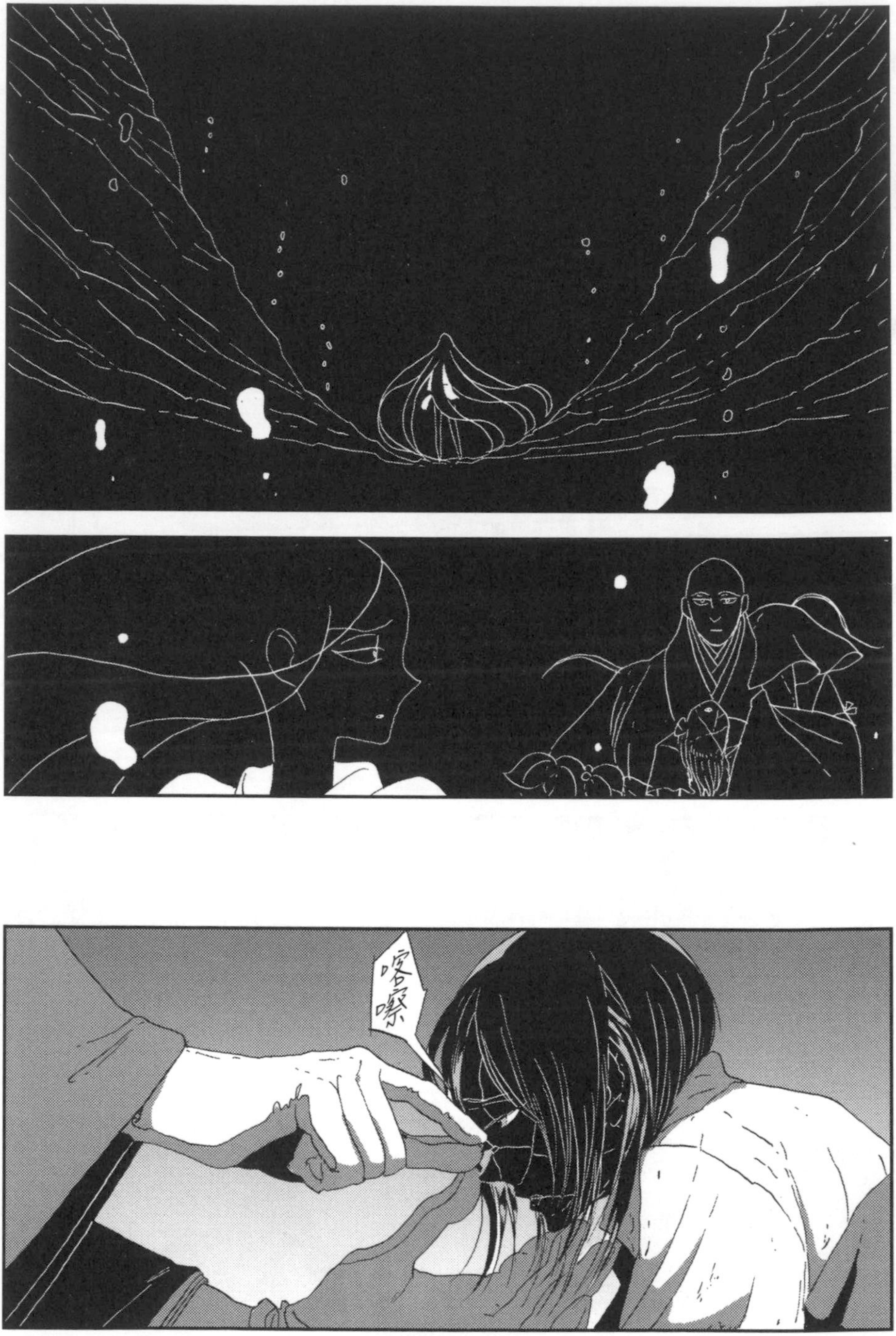
喀嚓

大家都在吧。
沒人需要反省。
嚇到
辰砂。

你來了。
再靠過來一點。
再近一點。
我，
有無法跟各位說的事。

與我自身
有關。
各位聽起來，
會覺得
不可思議到
無法理解，
荒謬至極。
而其中
還有些內容
我被禁止透露。
怎麼樣都無法
告訴你們
事情的全貌。
但接下來
我會盡可能解釋，
希望你們能聽我說。

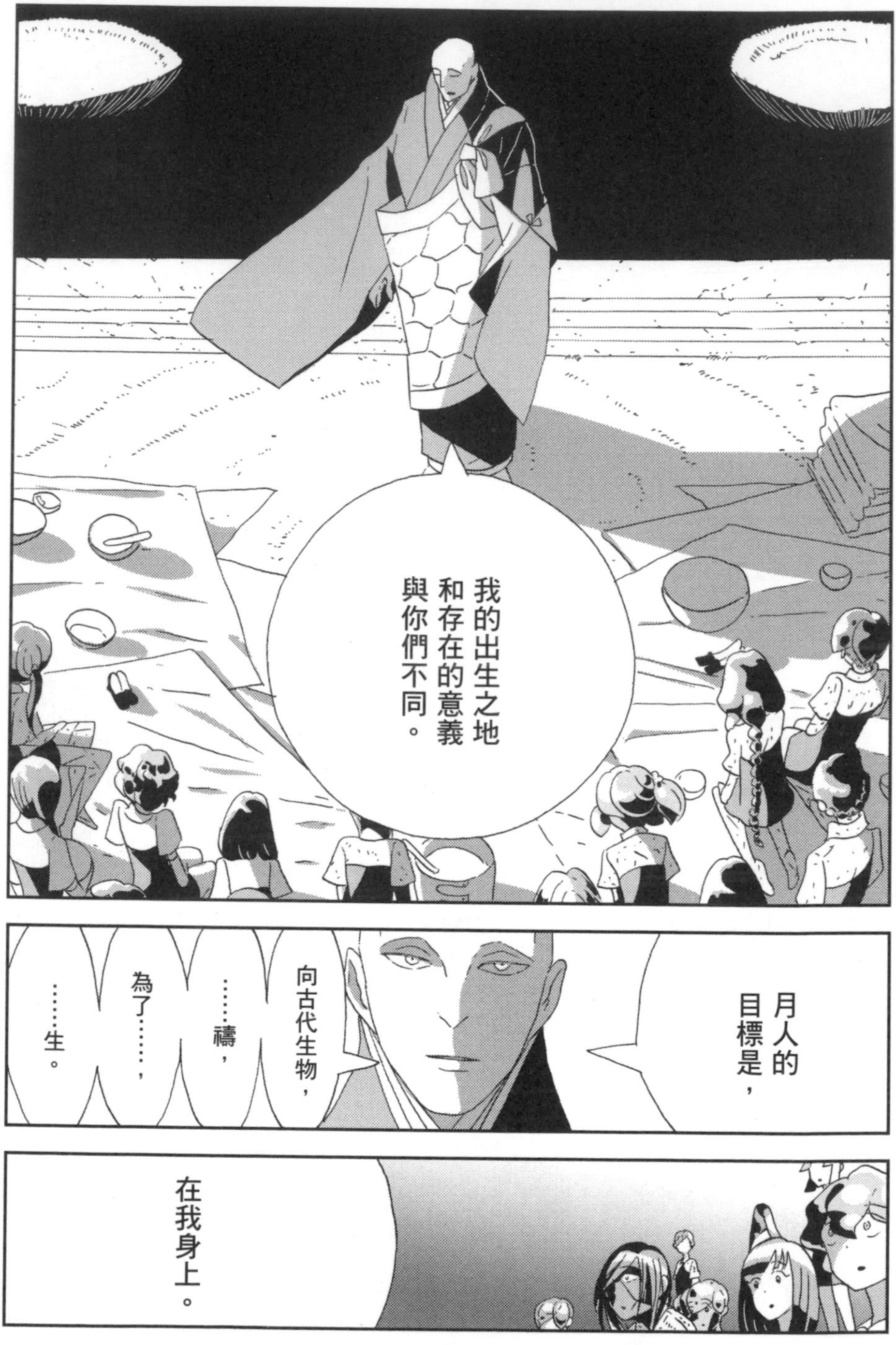
我的出生之地和存在的意義與你們不同。
月人的目標是，
向古代生物，
……禱，
為了……，
……生。
在我身上。

我消失的話
就沒事了。
可是
我沒辦法
摧毀自己。
而且
一如大家
所知道的，
要藉由外力
破壞我也
極度困難。
在……之後，
我獨自待在
這塊土地很長
一段時間。
某一天。
沙
咚

新的礦物生命體，也就是你們出現了。

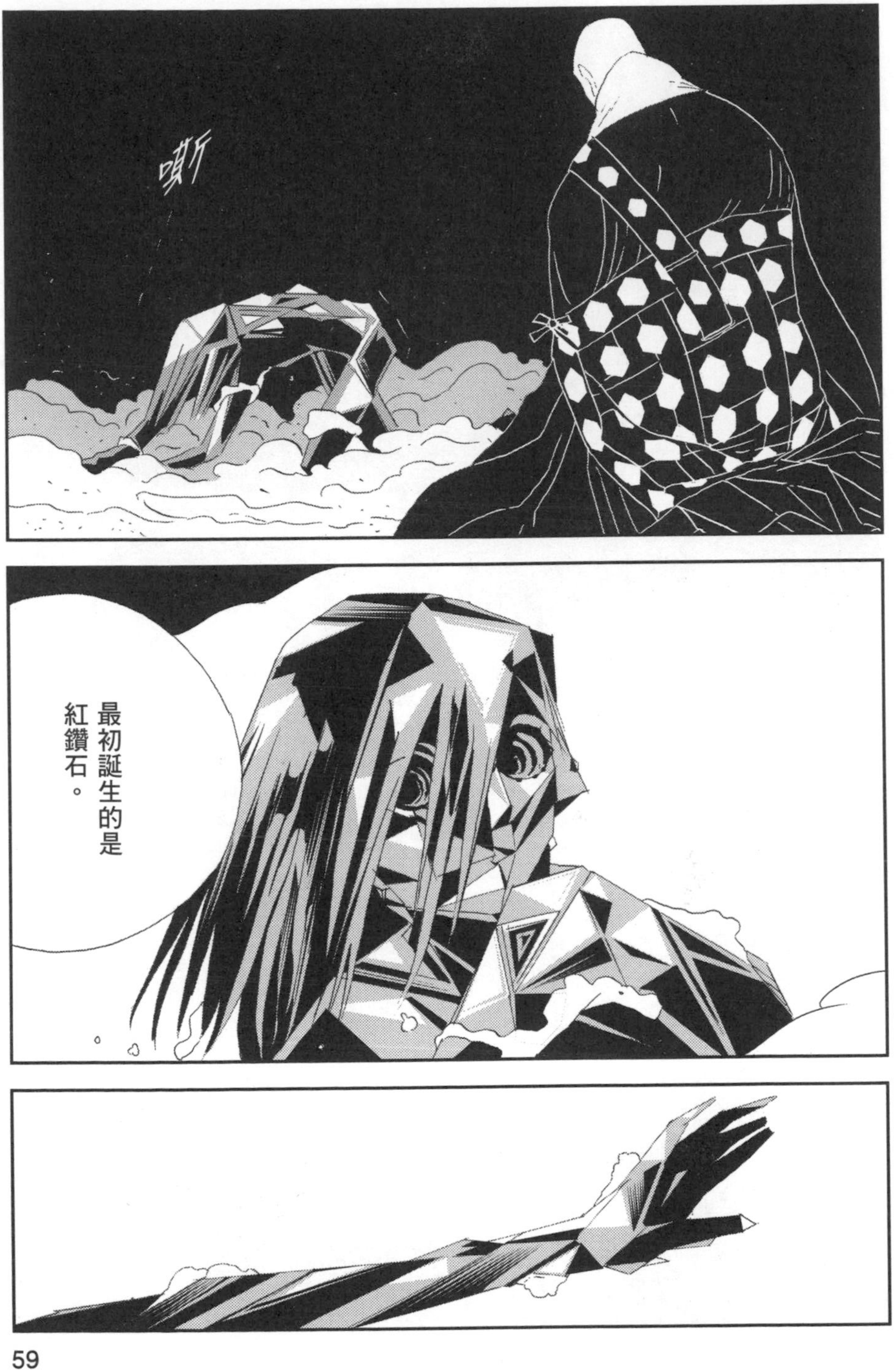
嘶
最初誕生的是紅鑽石。

咚
唰
他身體的構成要素以及構造與我相似，我第一次認識到世界上有如此親近的生命體存在。
同時，
他的外貌和動作跟古代生物的幼體有許多共通點。
我呵護著他並以此判斷必須賦予他健全又具文化涵養的生活。

為什麼我們顏色不一樣？
你的顏色是因為生成過程缺少與你原先含有的氮相鄰的碳元素而產生的，是極其稀少的紅色。
同樣顏色比較好～

抽動
抽動
這是由氟跟鈣所形成的鹵化物礦物。
叫作螢石。
與我們的構成物質相當不同。
幫幫他呀。
他很柔軟。
必須有個能避開砂塵的設施。
我們來把巨大的石英石加工成住所吧。

時至今日。
我仍希望能讓賦予我幸福的你們，
有塊清新純淨的大地。
走到現在這地步以前，我一直都在尋找解決之道。
可是受到制約的我
卻犧牲著你們，讓戰爭持續無休止。
只能維持著現狀，與理想背道而馳。

真的很對不起。
請你們，
於此放下我。
美麗的寶石生命體呀。

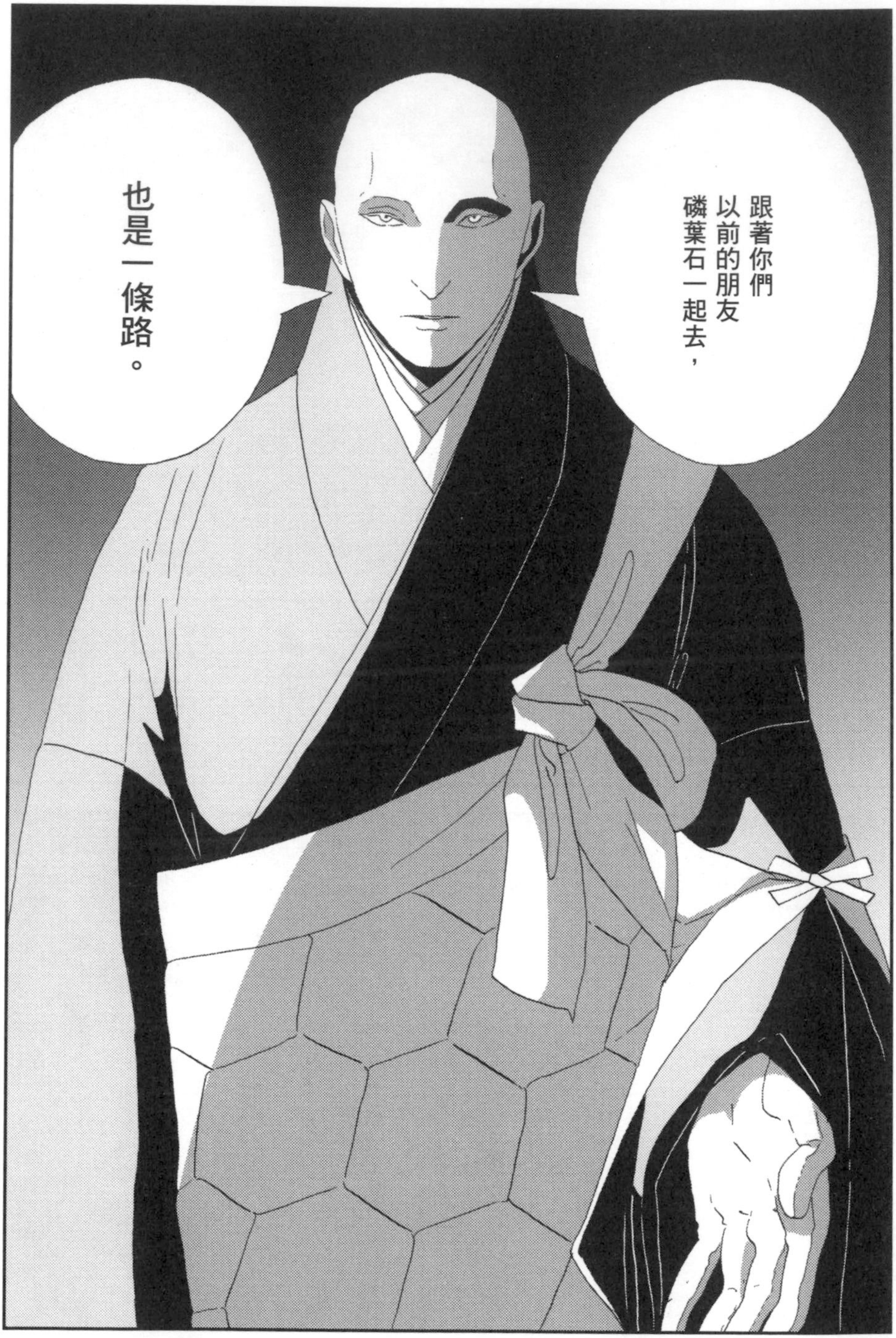
跟著你們
以前的朋友
磷葉石一起去，
也是一條路。

〔第六十四話　某日〕　終

第六十五話
今日

對你們，
我的一切所做所為，
實在不可饒恕。
我建議你們
跟隨他，
把我排除在外。

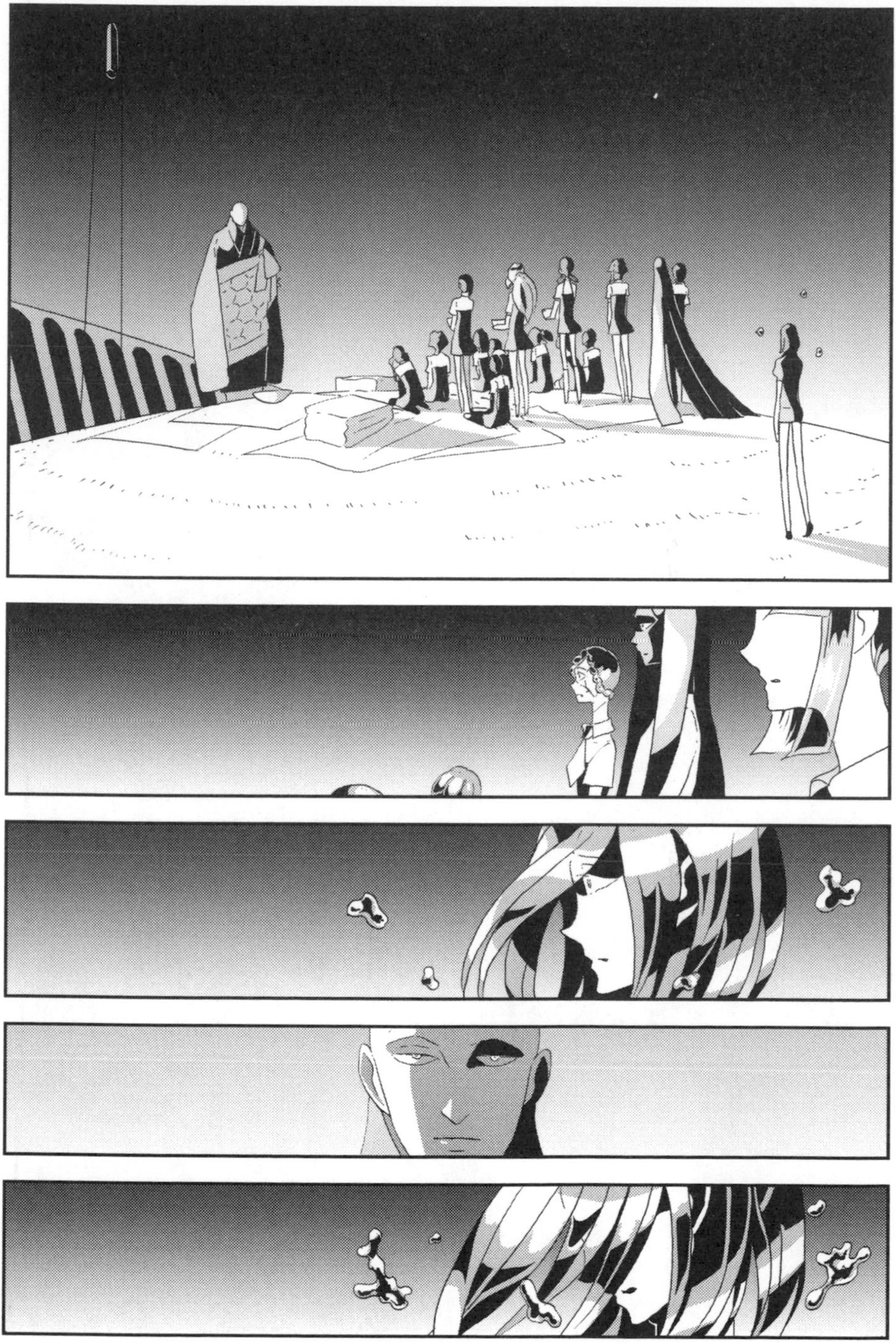

我……
磷葉石才不是朋友。
他挑了耳根子軟的同伴還試著欺瞞他們。
既卑鄙又傲慢。
我們無法跟隨他。

他暫時加入月人那方的可能性很高。
最終目標是要將你們所有人從我扭曲又不成熟的行為而引發的狀況解救而出。
他是對的。
請你們去月亮。
請你們…
……

你好，初次見面，金剛。

你活了好久呢。
想必很辛苦吧。
我是藍柱石。
我提議大家從今天開始重新認識彼此！

對你們，我的一切所作所為，實在不可饒恕。
沒有辦法重新開始。
要是因為扭曲的行為就與過去一刀兩斷，
我們就不會有所成長。
現在開始以不同的身分合作，彌補不足，
一定可以得到不同的結果。
你覺得如何呢？
寬容與平等，
在古代時就被視為理想，可是從未長久保有過。

我懂你想說的。
你覺得這想法有點天真吧。
這我無法判斷。
傷腦筋。
我想說這提議比小磷的還好。
……
可以稍等我一下嗎？
這功能很久沒有使用了。
功能？

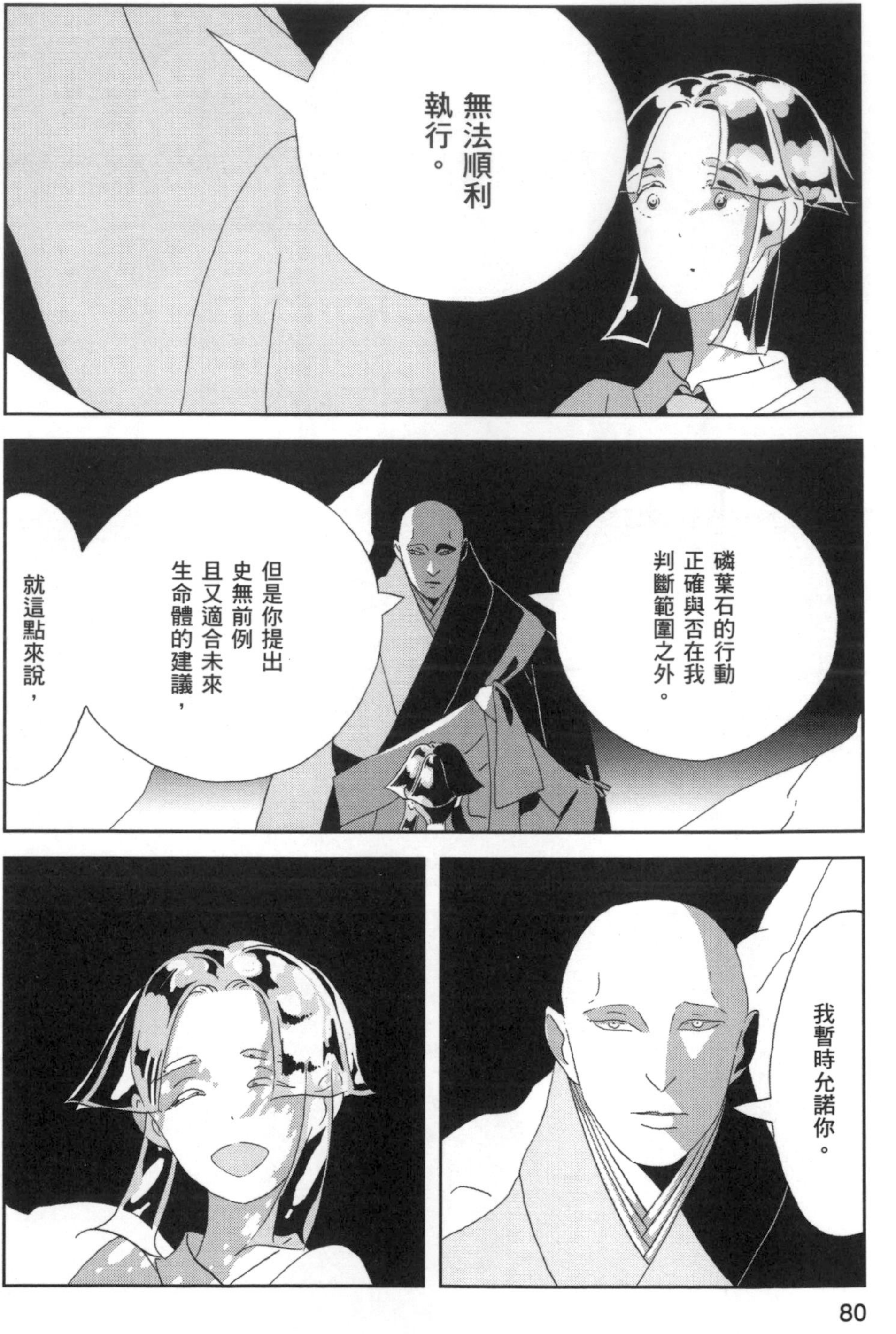
無法順利執行。
磷葉石的行動正確與否在我判斷範圍之外。
但是你提出史無前例且又適合未來生命體的建議，
就這點來說，
我暫時允諾你。

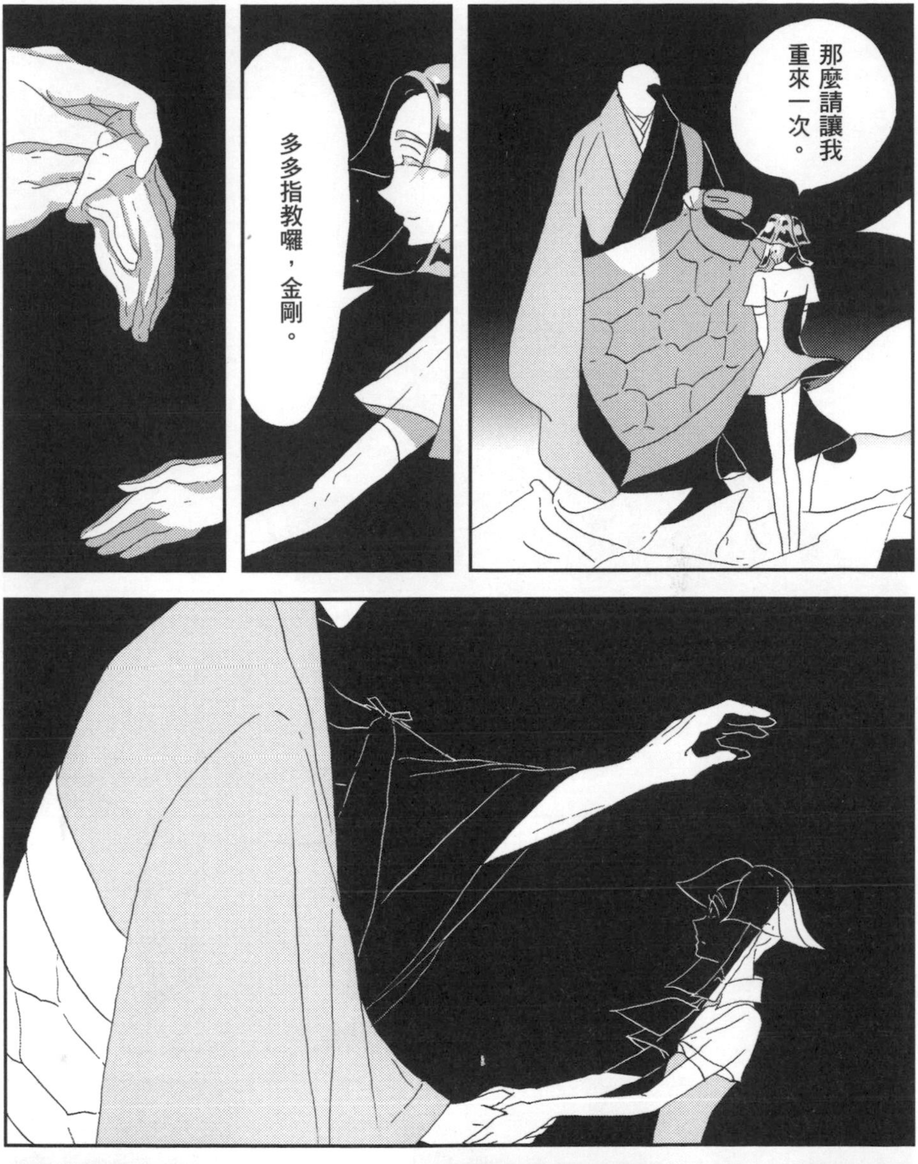
那麼請讓我重來一次。
多多指教囉，金剛。
藍柱！

拍
恕我無禮。
我被賦予的正式名稱，
叫作金剛大慈悲晶地藏菩薩。
就算直接碰觸你們也不會產生碎裂的超過敏反應。
只有這件事我是刻意隱瞞的。
對不起。

我本來就比較善於聽從他人。
多多指教，有勞你了。
不用聽從，我們關係是對等的……
真是撥雲見日了
我會努力。
以前在你們面前，
要扮演指導者般的角色，比什麼都還要困難。

不得不時時眉頭深鎖。
呵
蓮花剛玉要怎麼辦啊?!
現在開始想吧。
我要去月亮！
可是啊月亮上好像很不好過……
討厭月亮，我要跟老師和好～
沒有失去東西的年輕小鬼頭給我閉嘴！

哇——
混帳東西——
少在那邊你一言我一語！
踢
哎呀。
混帳
你呢？
我要留下。
那麼快就想好了？
藍勳會同意藍柱說的話。
嗯。
我覺得黃玉也會這麼想。
你們兩個都一樣！要站哪邊給我選一個！
喂。

剛剛我開口前，你想說什麼吧？
沒
有
藍柱要商討戰略。
過來。
我……！

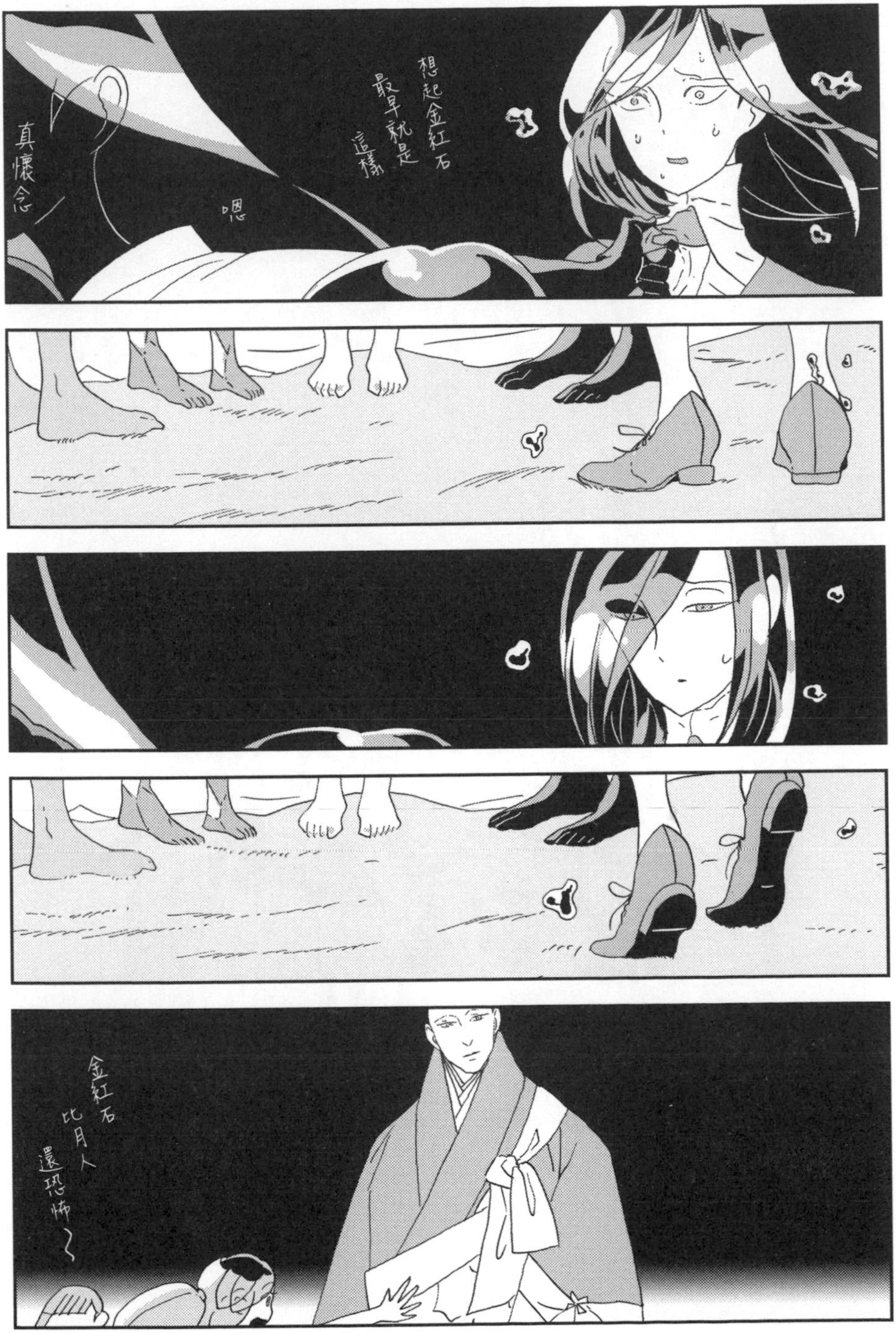
想起金紅石最早就是這樣
真懷念
嗯
金紅石比月人還恐怖～

〔第六十五話　今日〕　終

第六十六話
自由
甚至連我們
也無法憎恨
金剛啊。

這可稱為愛的裝甲吧。
嗯嗯沒錯。
怎麼了？
他好像這樣說過。
我是指王子啦。
什麼？沒聽過啊！
剛剛只是模仿王子。
好像喔～！
那麼我來向各位介紹睡覺與盥洗的地方。
誒，所以那個愛的裝甲…
之後再說。
呃，之後再說……
畢竟大家都在等我嘛。
這邊請。
怎麼這樣……

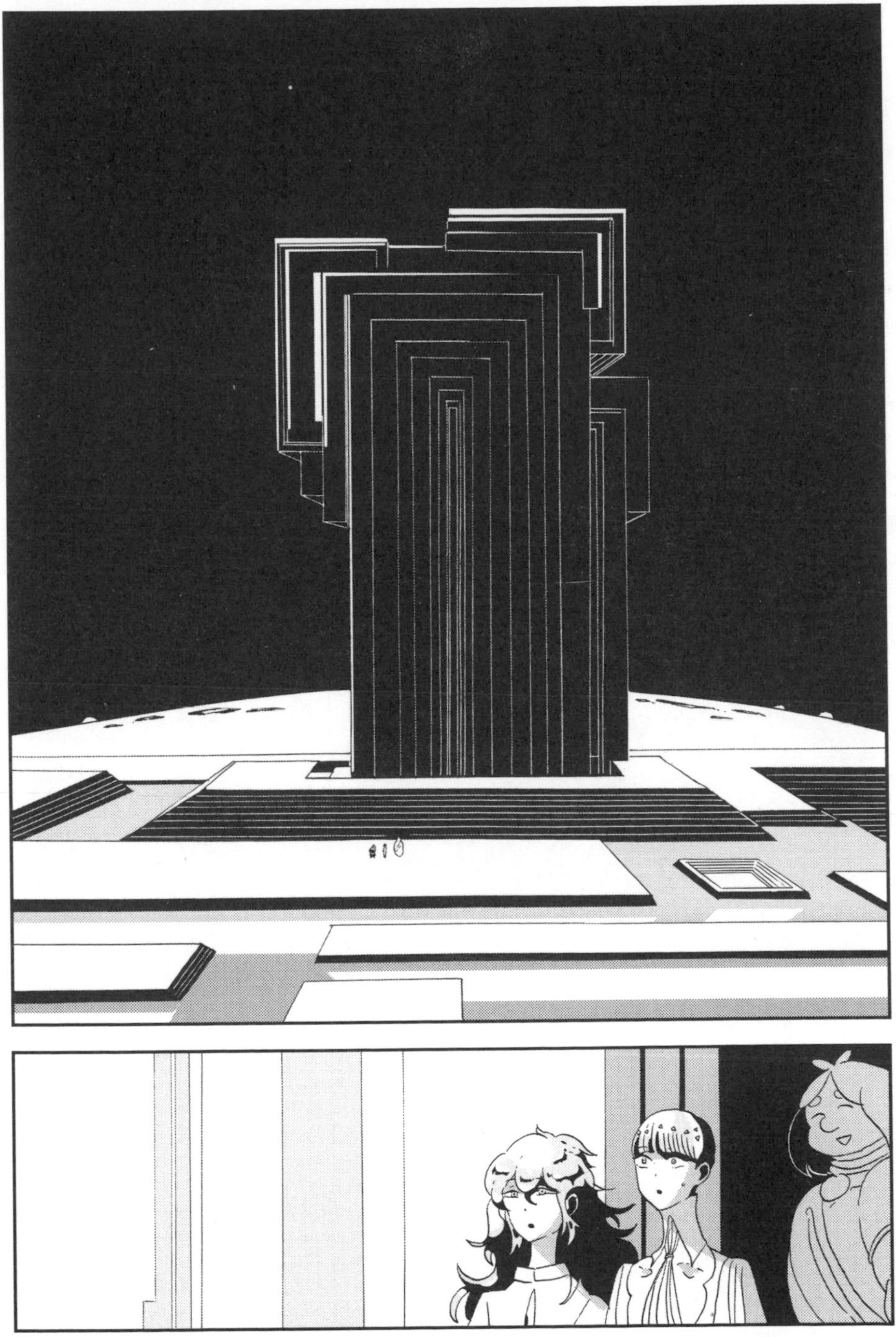

太～強～了～！
房間好大～～～！
雀躍
因為磷大人上次過夜的地方正在改建。
我們在此為每個人各準備了一個房間。
啊啊……是喔……
因應上次艾德密拉畢里斯群聚的問題，
BEFORE
擠來
擠去
建築材料混合了艾德密拉畢里斯討厭的香料，
AFTER
換成不會讓您困擾的樣式了。
好嗆
好臭
啊啊……是喔……
這兩位就是負責這設施的管理服務員。
無論是覺得枕頭太硬或者溫度太低，都請向他們反映。
把我那些變成砂的朋友恢復。

蓮花剛玉？
黃鑽。
蓮
啊
滑
噗
通
處理得很快吧～？
迅速處理
動作俐落
方才修復各位的也是他們兩位。
他們所有的技能都有認證。
是喔。

你醒來啦。
是呀。
蓮花剛玉在嗎？
紫翠。
小藍。
好久不見了。
金綠寶石的事真對不起。
那不是你的錯。
蓮花剛玉。
小紫。

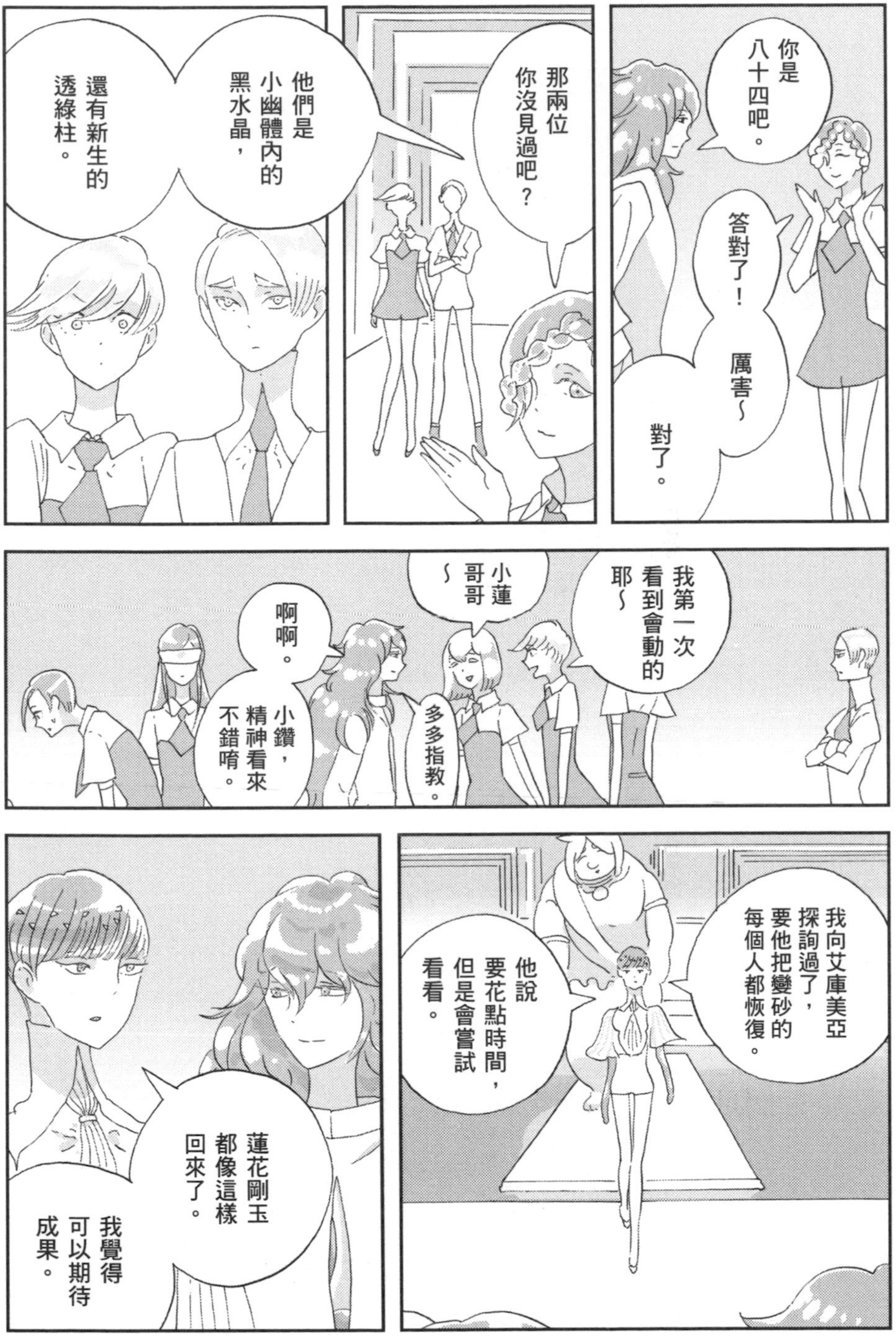
你是八十四吧。
答對了！
厲害～
對了。
那兩位你沒見過吧？
他們是小幽體內的黑水晶，
還有新生的透綠柱。
我第一次看到會動的耶～
小蓮哥哥～
多多指教。
啊啊。
小鑽，精神看來不錯唷。
我向艾庫美亞探詢過了，要他把變砂的每個人都恢復。
他說要花點時間，但是會嘗試看看。
蓮花剛玉都像這樣回來了。
我覺得可以期待成果。

太好了，哥哥。

你有聽到嗎？
有……

傳說中的蓮花剛玉耶～
我只是懶得活著而已。
嗚哇，講話果然那麼帥氣～！
啊，這句話給我用，我也想這麼形容睡了一百年的自己。

那傢伙來了。

你是來說裝甲的事嗎？
是的。
艾庫美亞你說可以讓大家回來嗎？
謝謝艾庫美亞，謝謝～
噓！
這傢伙不知道為什麼討厭人家叫他的名字，而且人很難對付，不要太過刺激他！
剛剛也因為太生氣把牆壁融化了。
抽動
艾庫美亞抱歉啦。

金剛會散發讓人類對他產生好感的物質。
人類製造了他，可是他所有的能力都優於人類。
製造者害怕他會因此遭到嫉妒與厭惡，以情感上的理由被丟棄，
推測是這樣才加了「愛的裝甲」這種輔助性質的功能。
我們有三分之一是人類，因此也受到影響，儘管比較微弱。
你們與他長期且近距離互動，受到的影響就大多了。

你們給予顯然是異類的金剛無條件的愛，由此開始。
脆弱易碎的你們自發性地兩個人一組行動。
縱然土地狹小，還是分散在不同地點等著我們出現。
如果目的是守護種族，這種戰法實在是沒什麼效率。
倒不如說，
你們是種構造，守護著位於中央的金剛。

金剛放著讓這種情形持續，應該是因為他試過很多次要改變，
卻由於本身特性的關係，一切都還是如原子排列般自然地變成這樣吧。
所以也只能安於現狀了。
這邊要你們猜謎一下。
金剛賦予你們對人類來說最珍貴的，
你們知道是什麼嗎？
美形。
呃……
那也很珍貴沒錯啦……
體貼的心。
好精神。
引人愛憐的模樣。
溫柔。
淘氣的心。
就是那個！
正確答案是，

自由。
金剛沒有把最珍愛的你們關起來。
他能夠賦予你們的並不多，「自由」是其中最有意義的。
不知道是不是因為自己過去被嚴格控制，所以反而對你們好。
又說不定，
他想要你們以近似他過去的主人，也就是人類的角色存在。

你們已經離開地面，應該會漸漸不受金剛的影響。
重拾礦石生命體本來的自我意識和驕傲然後來協助我吧。
真正的自由，
得自己爭取。
我說完了。
好好休息。

我想要帶蓮花剛玉和黃鑽去夜襲。
晚上幾乎全部人都在學校裡，只要他們看到蓮花剛玉這麼短時間就能活動，心一定會動搖。
黃鑽跟月人一起幫我爭取空檔。
我趁那段時間去說服老師。
或者，
在可能範圍裡給他實體的刺激。
晚上不能分我們的人員給你。
工會會抱怨。

什麼？
我們以前晚上也會工作。
說來慚愧，
我們的社會跟你們的不同，人口若像我們這麼多，不可能每個人都像你們一樣懷抱那麼遠大的志向，畢竟我們原本是一群浮渣。
長年下來沒有結果的話更是如此。
對普羅大眾來說，他們需要的是有可能繼續下去、要求又比較低的目標和眼前的休假。
所以夜襲只會有你們三個人，沒問題吧？
王子！這次也請讓我一起去！
賽米~~~~~~！
你只可以操控機材。別跑遠了。
只有你真是~月人中的良心~
王子是廢物~

你之前要求，
恢復那些成為砂的伙伴。
關於這點，

〔第六十六話　自由〕　終

第六十七話
黑水晶
就從結論說起吧。

硬度五以上的有可能恢復。
硬度十相對比較容易。

也就是鑽石屬。
九、八、七稍微有點困難，但還是有機會。
六、五勉勉強強。
四以下就放棄吧。
你們的碎片，

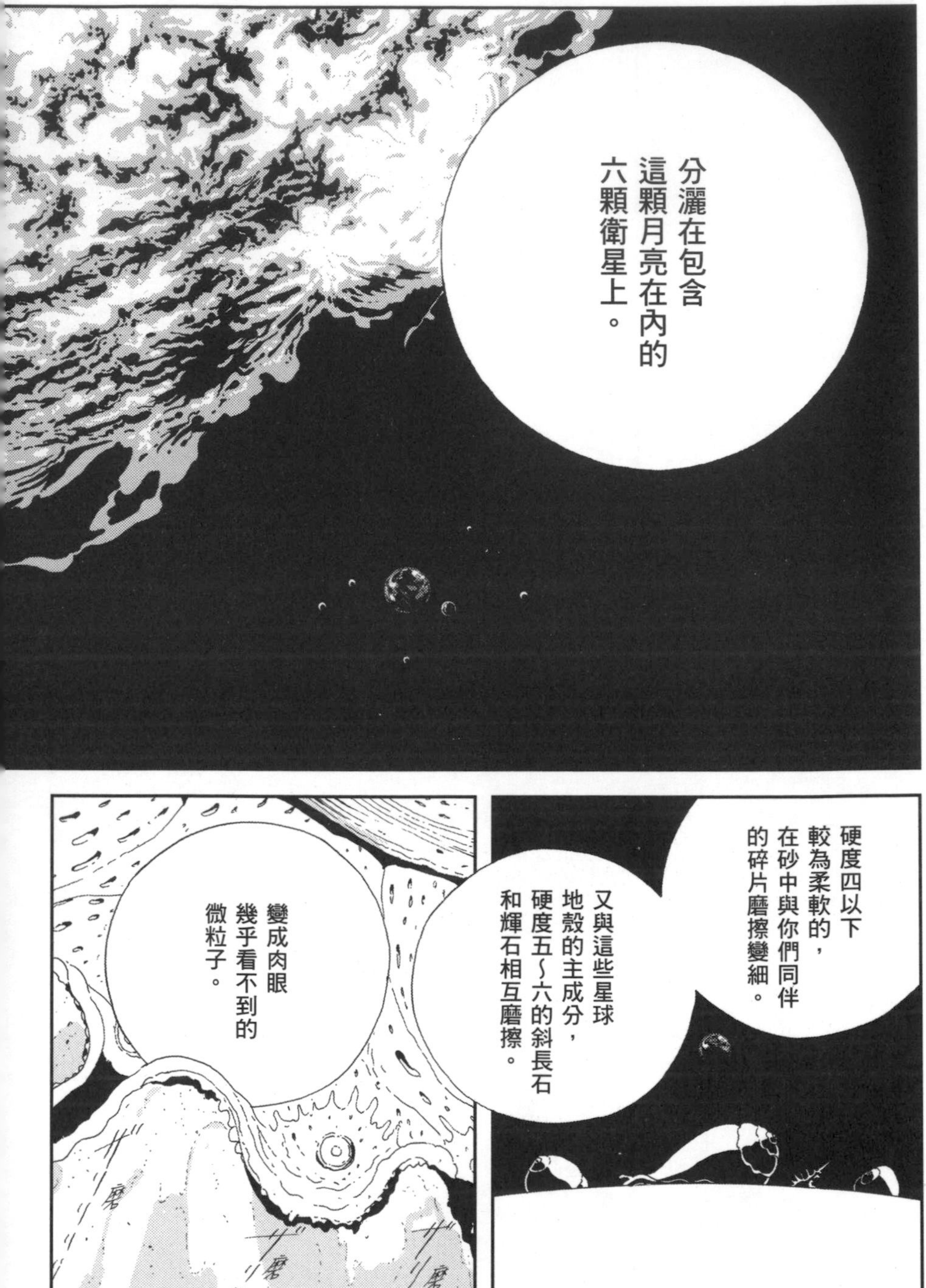
分灑在包含
這顆月亮在內的
六顆衛星上。
硬度四以下
較為柔軟的，
在砂中與你們同伴
的碎片磨擦變細。
又與這些星球
地殼的主成分，
硬度五～六的斜長石
和輝石相互磨擦。
變成肉眼
幾乎看不到的
微粒子。
磨
磨
磨

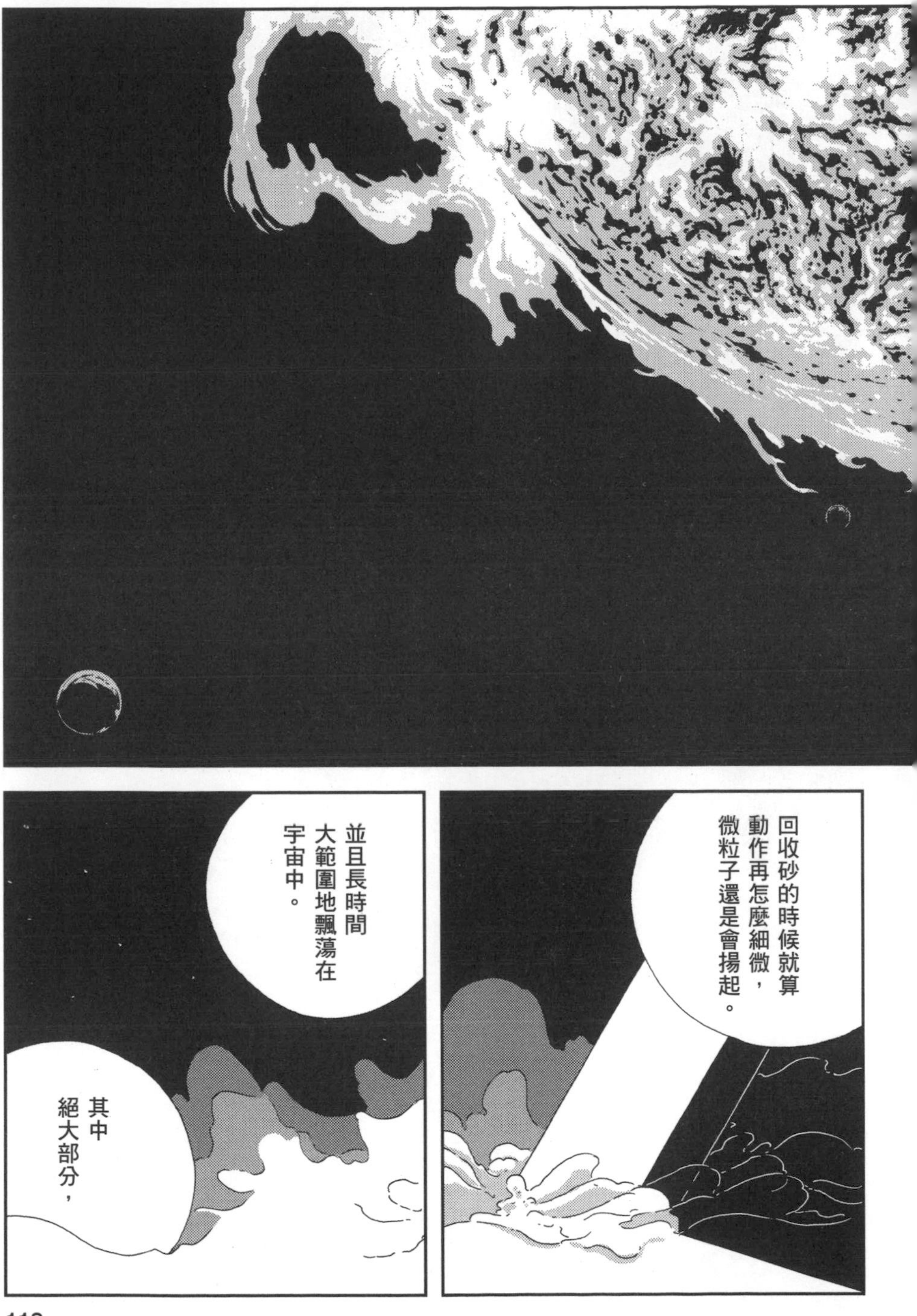
回收砂的時候就算動作再怎麼細微，微粒子還是會揚起。
並且長時間大範圍地飄蕩在宇宙中。
其中絕大部分，

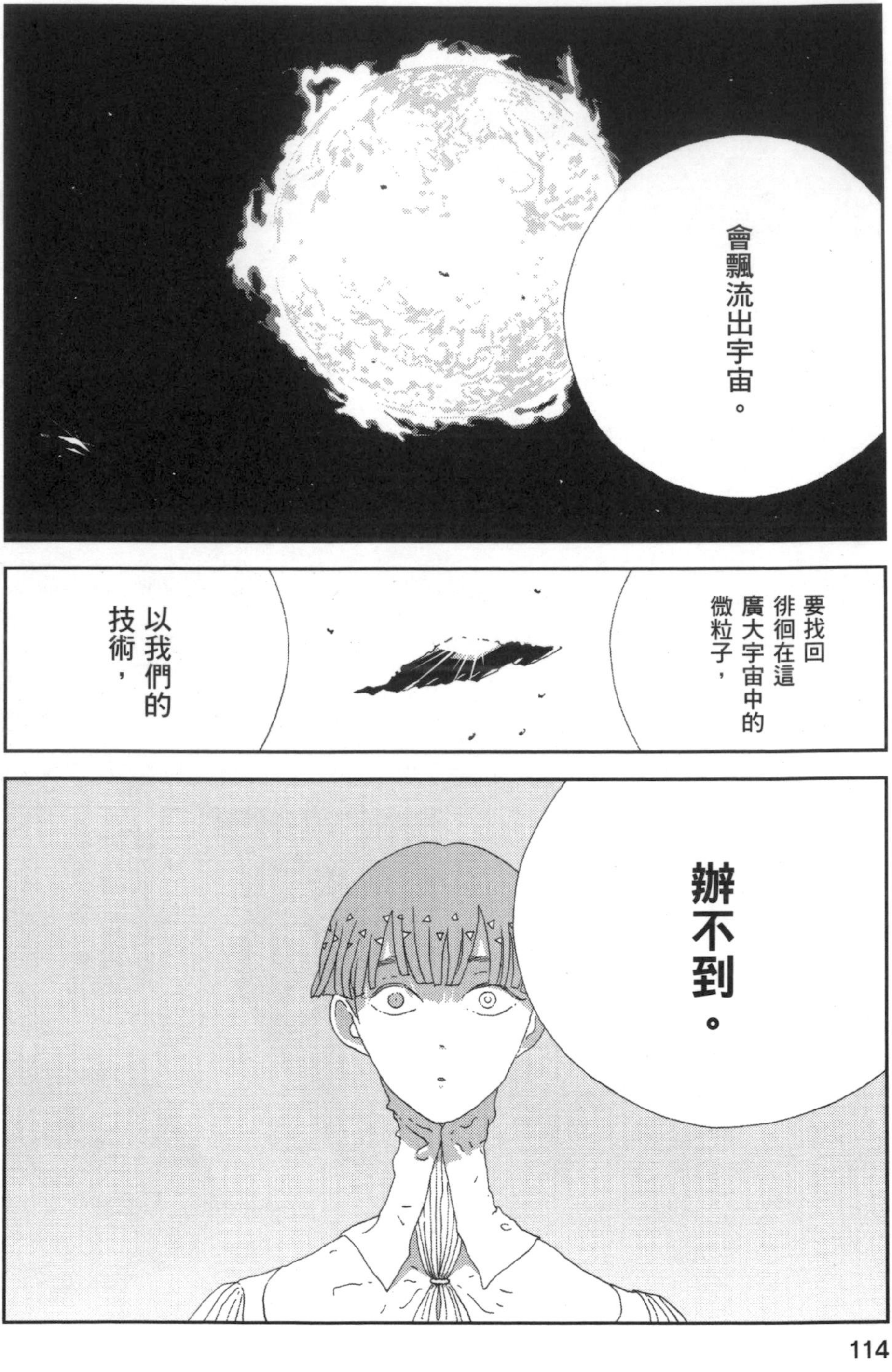
會飄流出宇宙。
要找回徘徊在這廣大宇宙中的微粒子，
以我們的技術，
辦不到。

硬度四以下……
螢石、閃鋅礦、
小磷的頭，還有……
小南。
現下只能以恢復硬度五以上的寶石為條件向你保證，
你打算怎麼做呢？

進行吧。
瞭解。
小磷……
沒辦法。

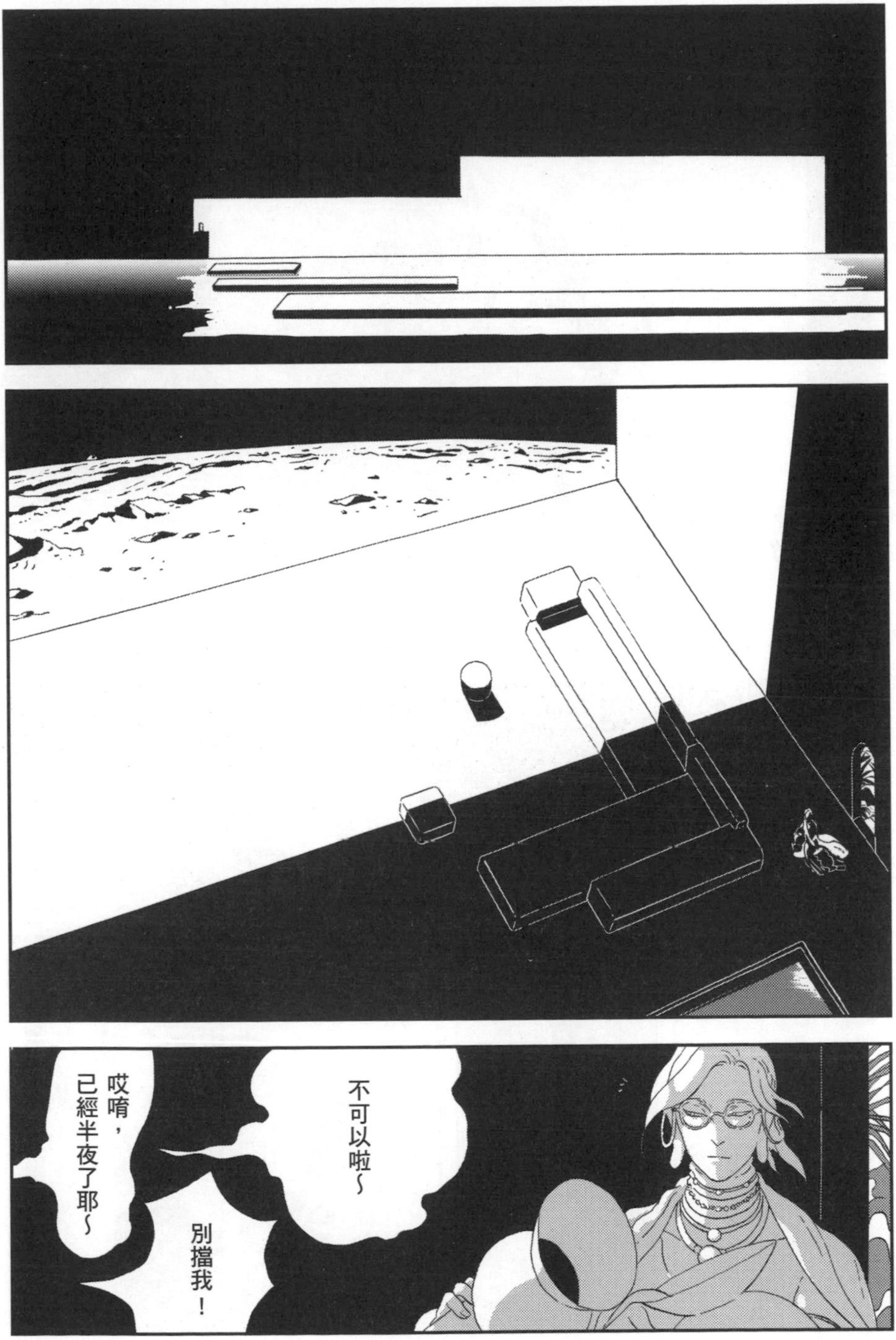
不可以啦～
哎唷，已經半夜了耶～
別擋我！

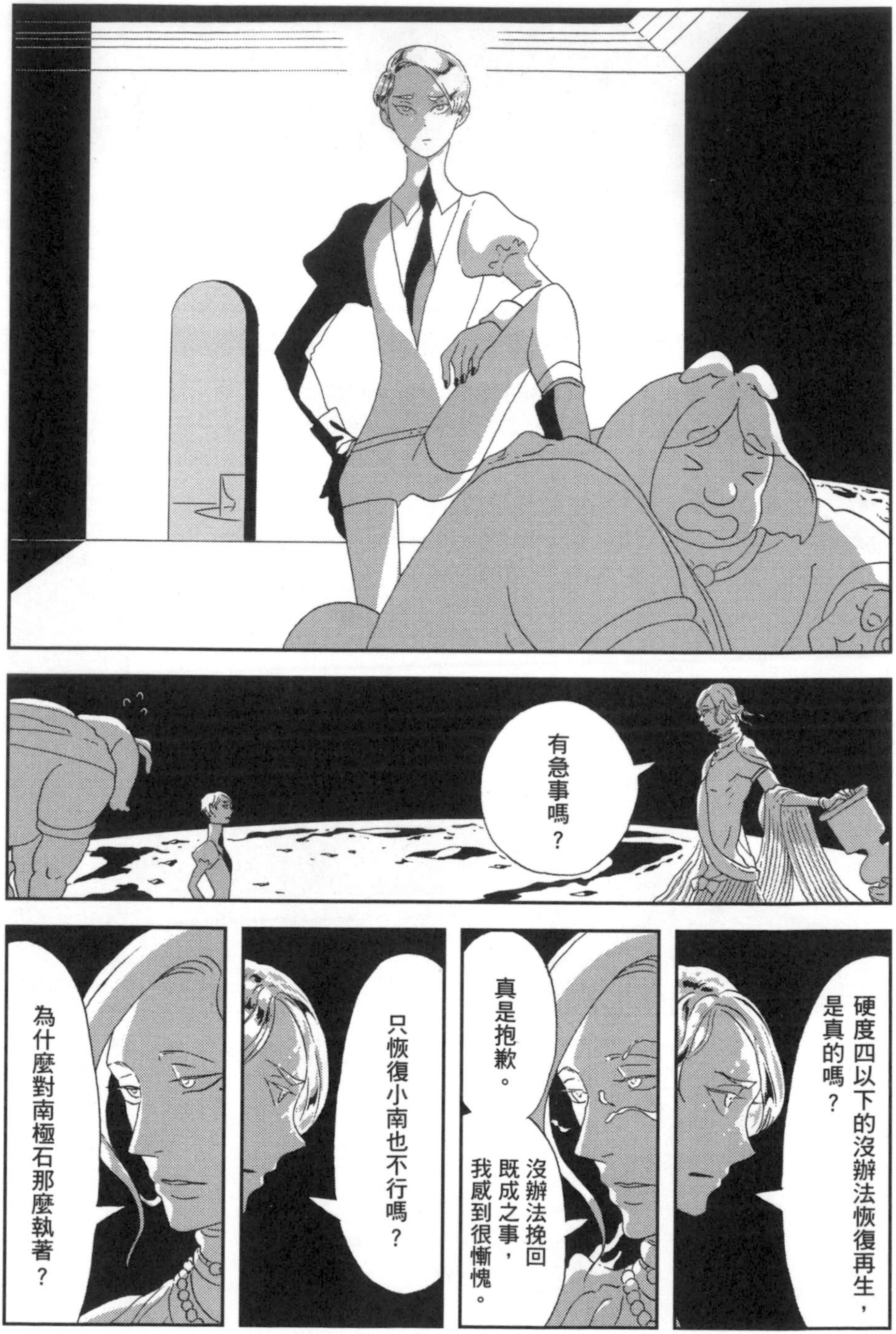
有急事嗎？
硬度四以下的沒辦法恢復再生，是真的嗎？
真是抱歉。
沒辦法挽回既成之事，我感到很慚愧。
只恢復小南也不行嗎？
為什麼對南極石那麼執著？

不是我在執著。
是那傢伙。
小南在的話，小磷的心應該會比較定，犯的錯會比較少，使喚起來也容易得多。
對你來說絕對不是件壞事吧。
這資訊很有用，可惜我還是辦不到。
真的？
要是我們有把所有人恢復的技術，那我們就能解決自己的問題了。
那有可能把我合成為小南的外貌嗎？

讓我以小南的身分行動。
……這應該是辦得到，
但是為什麼要做到這種地步？
為什麼。
為什麼呢……
因為我必須守護小磷。
為什麼？
我被這樣吩咐。
被誰？

以前的自己。
原來如此。
你以前是雙重石英嘛。
失禮了。
推
毛狀結晶裡的內含物不該影響到你才對，
呃。
等等……
哎呀。

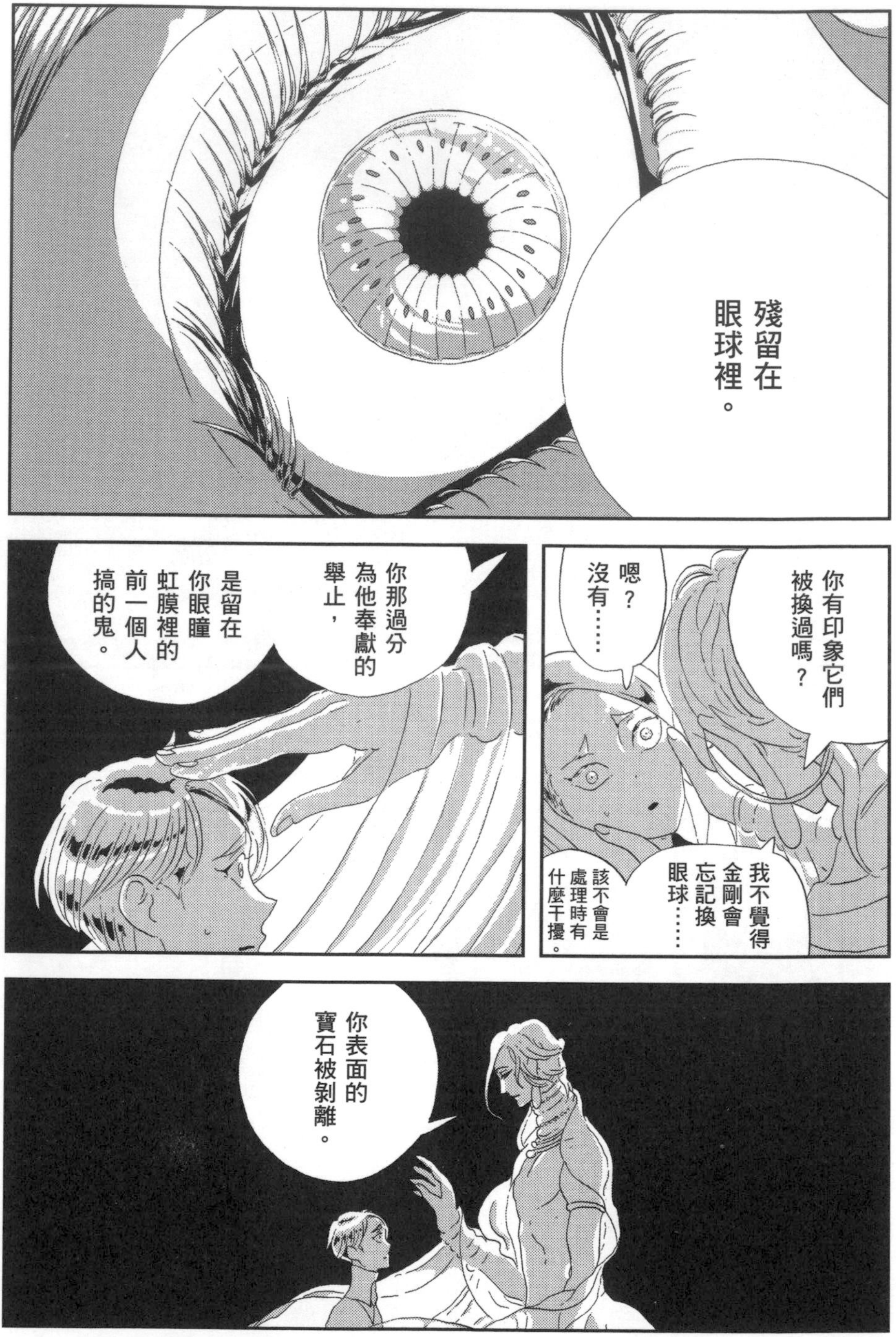
殘留在眼球裡。
你有印象它們被換過嗎？
嗯？沒有……
我不覺得金剛會忘記換眼球……
該不會是處理時有什麼干擾。
你那過分為他奉獻的舉止，
是留在你眼瞳虹膜裡的前一個人搞的鬼。
你表面的寶石被剝離。

總算露出來在外頭了，卻立刻被既成的「同伴」束縛綁住。
無論冬季巡邏的工作還是現在擔任的角色，到頭來都還是另一個人的替代品。
嚴格的前任者在眼瞳深處操控著你，也沒人會察覺到。
甚至那種不自在的感覺都說不出口。
前任者逕自要求你要給予磷葉石超乎常理的協助與體貼。
再怎麼思考、再怎麼抗拒，你總是沒有最後的決定權。
如此不斷重覆，你感到疲憊不堪，索性成為南極石。
希望拋棄自我。
我有說錯嗎？

你，
為什麼知道……
詛咒
我瞭解得很。
我拒絕幫你
加工成
南極石。

真正的你，
顏色與這顆星球
美麗的天空一樣。

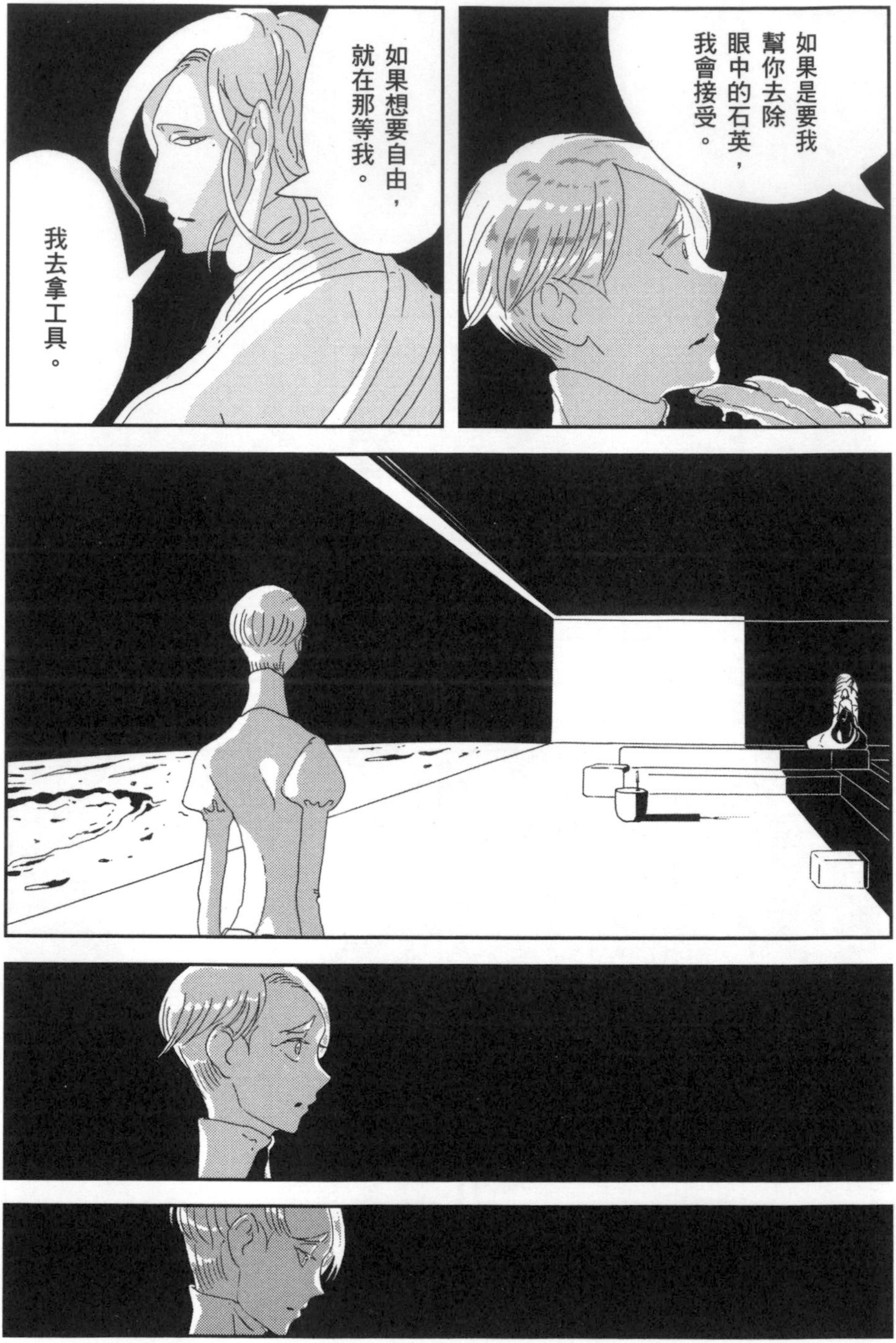
如果是要我
幫你去除
眼中的石英，
我會接受。
如果想要自由，
就在那等我。
我去拿工具。

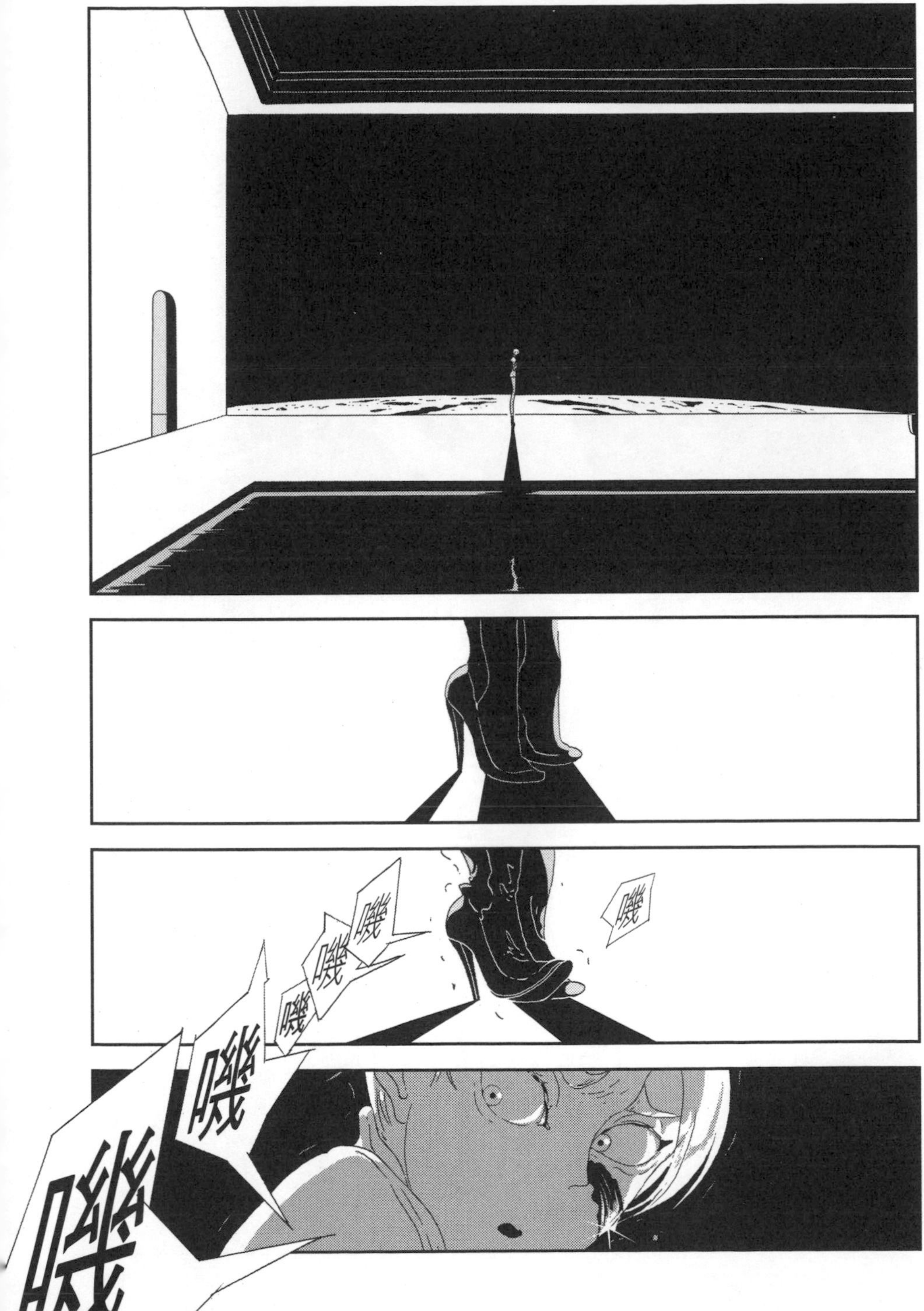
嘰
嘰
嘰
嘰
嘰
嘰
嘰

折斷
！
不要！
我不要回去！
ゴッ
咚

嘰
磨擦
斷裂
我想要，
自由。

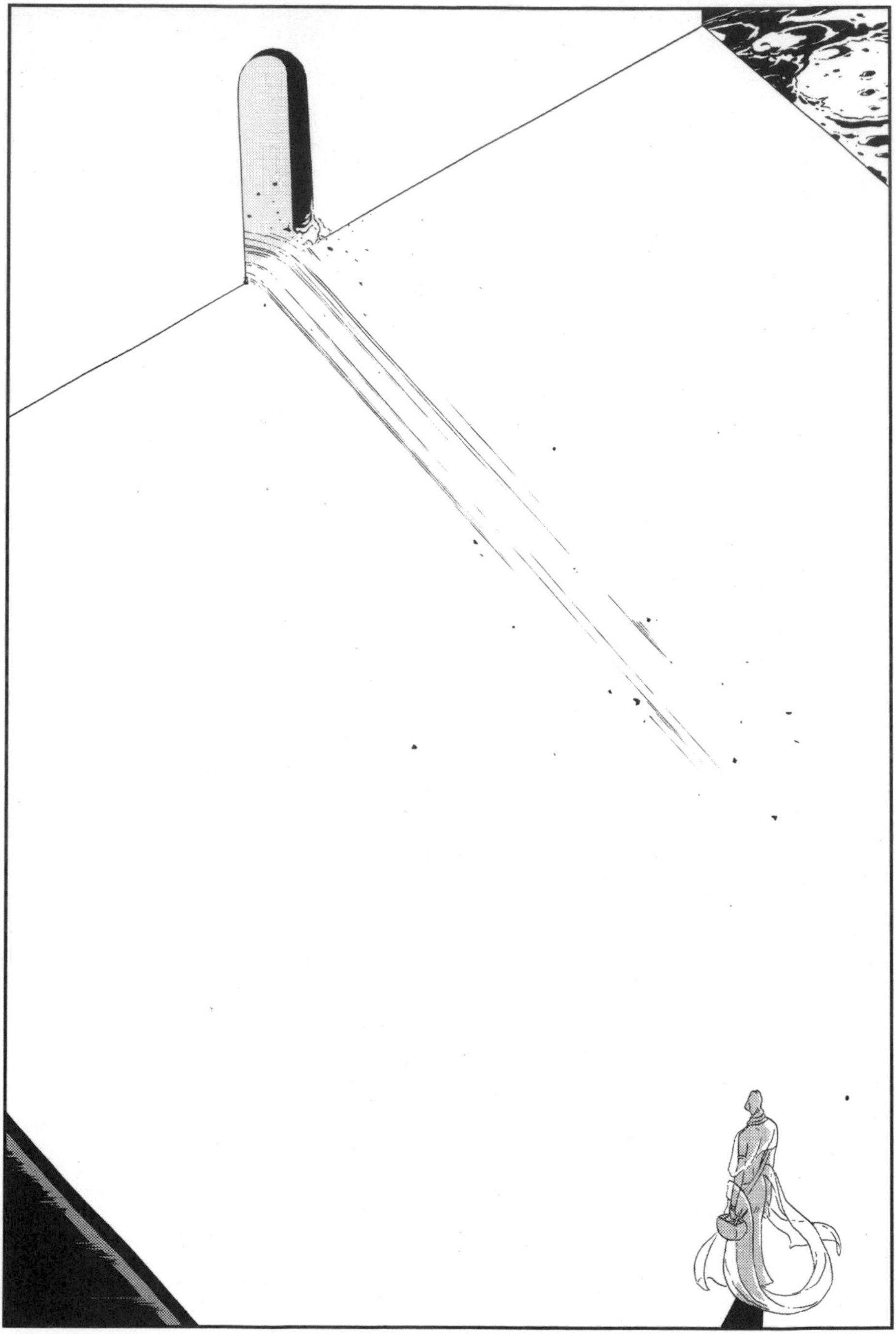

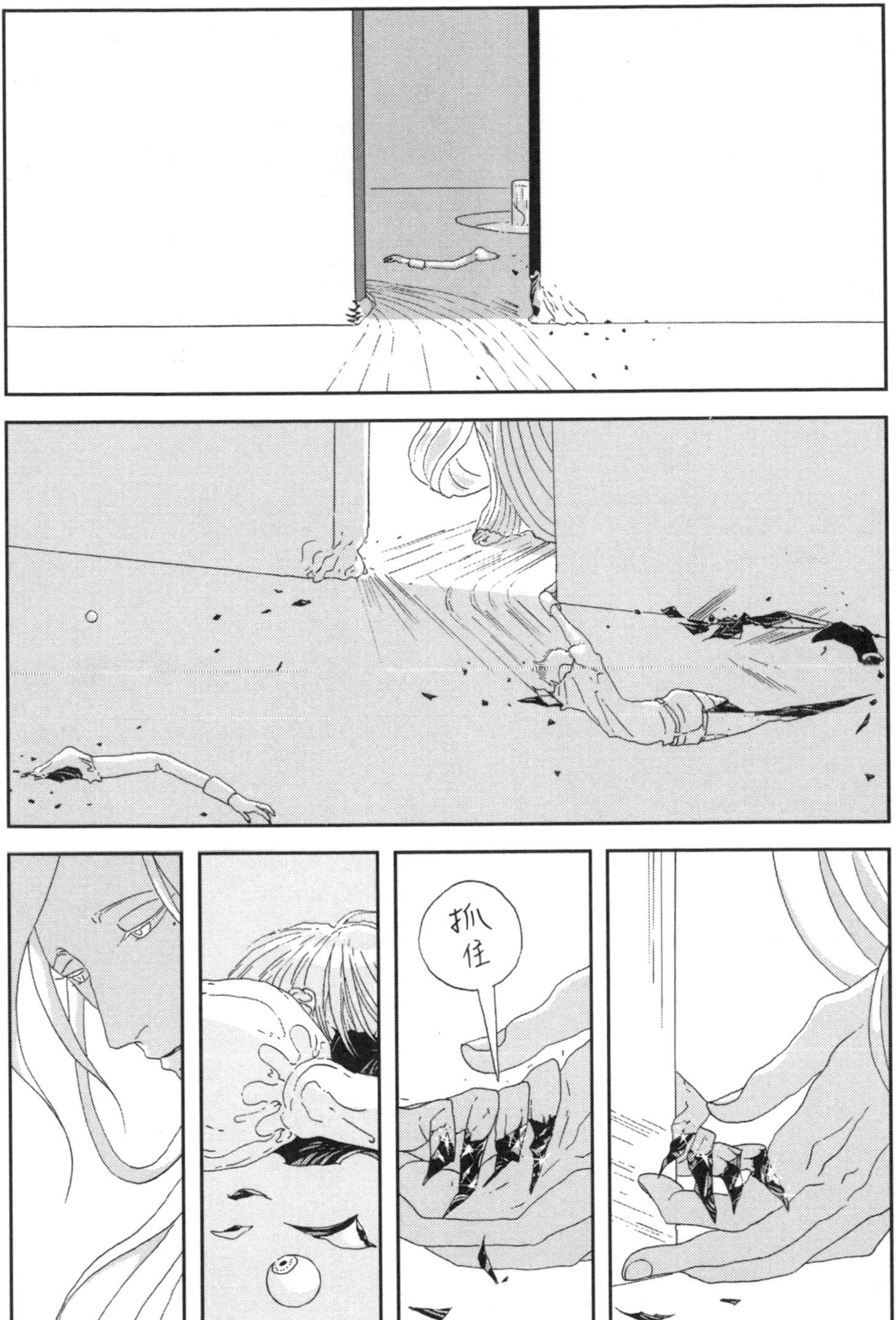
抓住

〔第六十七話　黑水晶〕　終

第六十八話
變化
嗯~~~~~~~
嗯

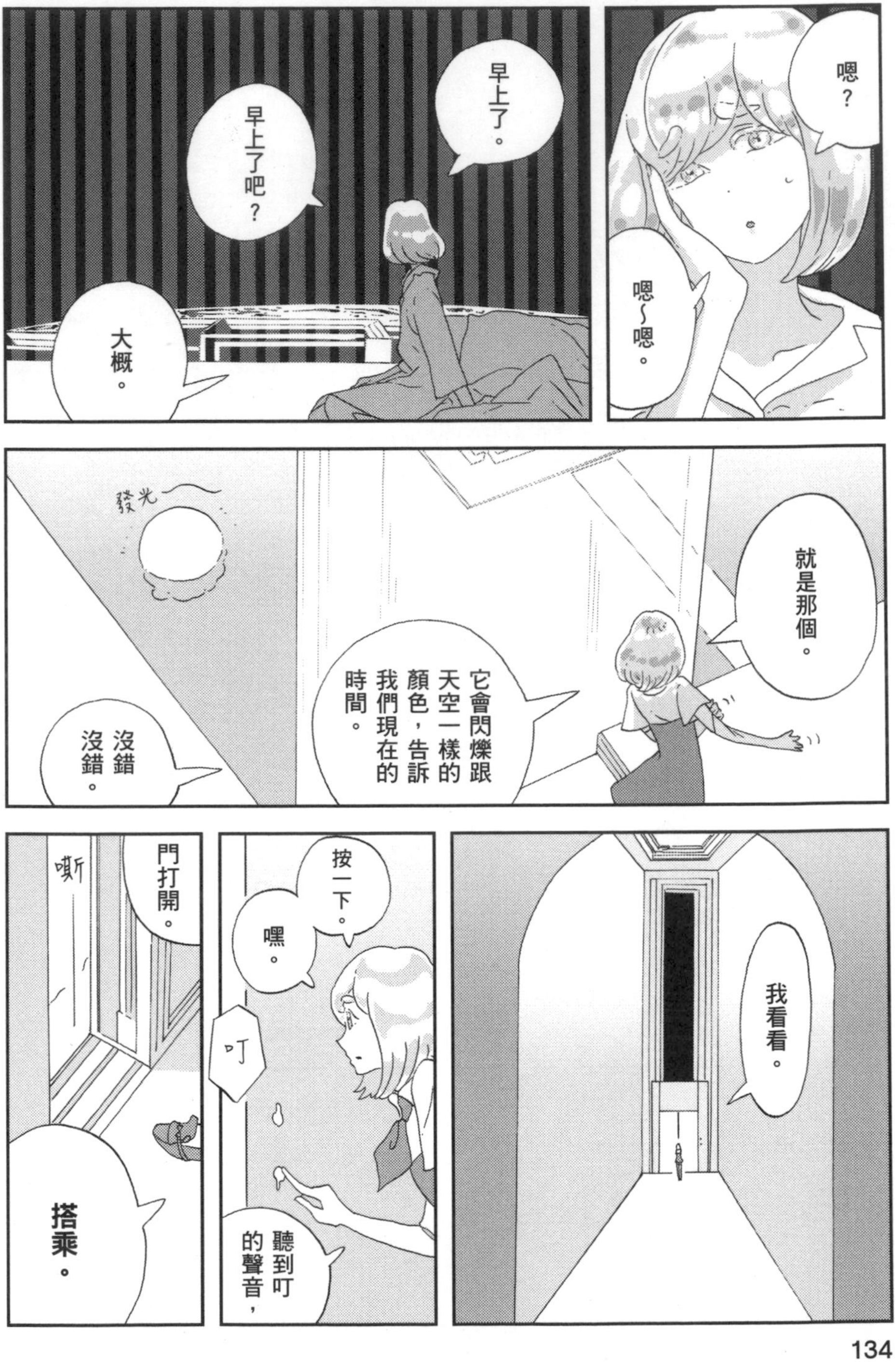
嗯？
嗯～嗯。
早上了。
早上了吧？
大概。
就是那個。
它會閃爍跟天空一樣的顏色，告訴我們現在的時間。
發光～
沒錯沒錯。
我看看。
按一下。
嘿。
叮
聽到叮的聲音，
門打開。
嘶
搭乘。

哇。
早安—
早安—
這上上下下的圓筒真是方便耶。
不知道是怎麼運作的。
是不是賽米在操作？
咻—
可是對面也有耶。
賽米真忙碌。
可能有好多個賽米。
啊哈哈。
不知道小磷狀況如何？
嗯……
再生的話題講完後就一動也不動了不是嗎？
嗯。
小南還有硬度相關的事，真不知道該怎麼安慰才好……
嗯。
叮
這聲「叮」是？
應該是到了的「叮」。

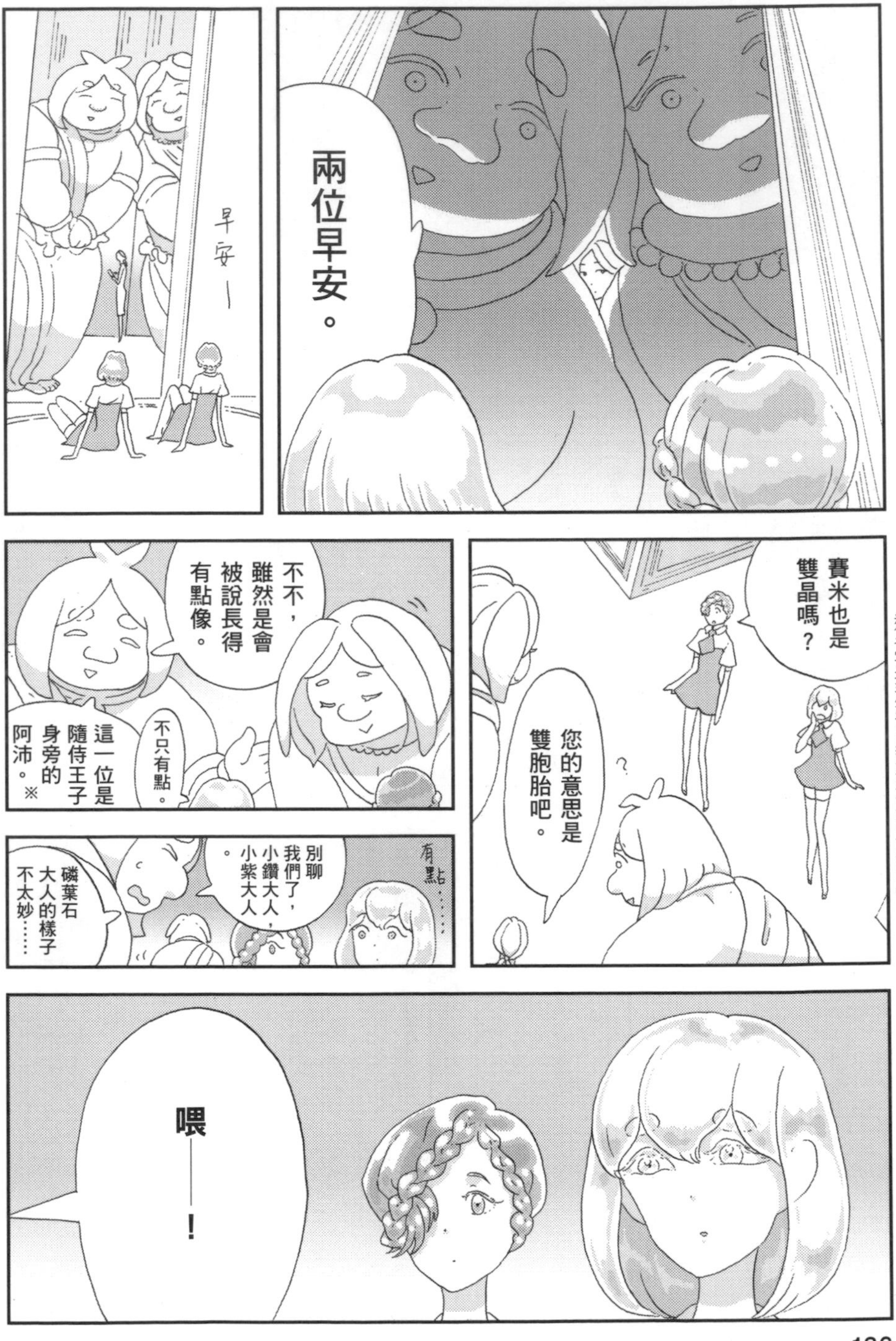
兩位早安。
早安——
賽米也是雙晶嗎？
您的意思是雙胞胎吧。
？
不不，雖然是會被說長得有點像。
不只有點。
這一位是隨侍王子身旁的阿沛。※
有點……
別聊我們了，小鑽大人，小紫大人。
磷葉石大人的樣子不太妙……
喂——！

※譯註：賽米（Semi）原發音為日文的「蟬」，而其他月人的名字也多屬昆蟲類，因此阿沛（Ape）這名字推測來自義大利文的「蜜蜂」。

早啊。
大家都到齊了嗎？
哎呀，精神其實不錯嘛。
太好了。
這個嘛。大家還沒……
早──哦。
太好了，那麼，
我們就來去摧毀老師吧！
立刻出發！

為了不讓老師寂寞，
得早點，
把他完全破壞才行。

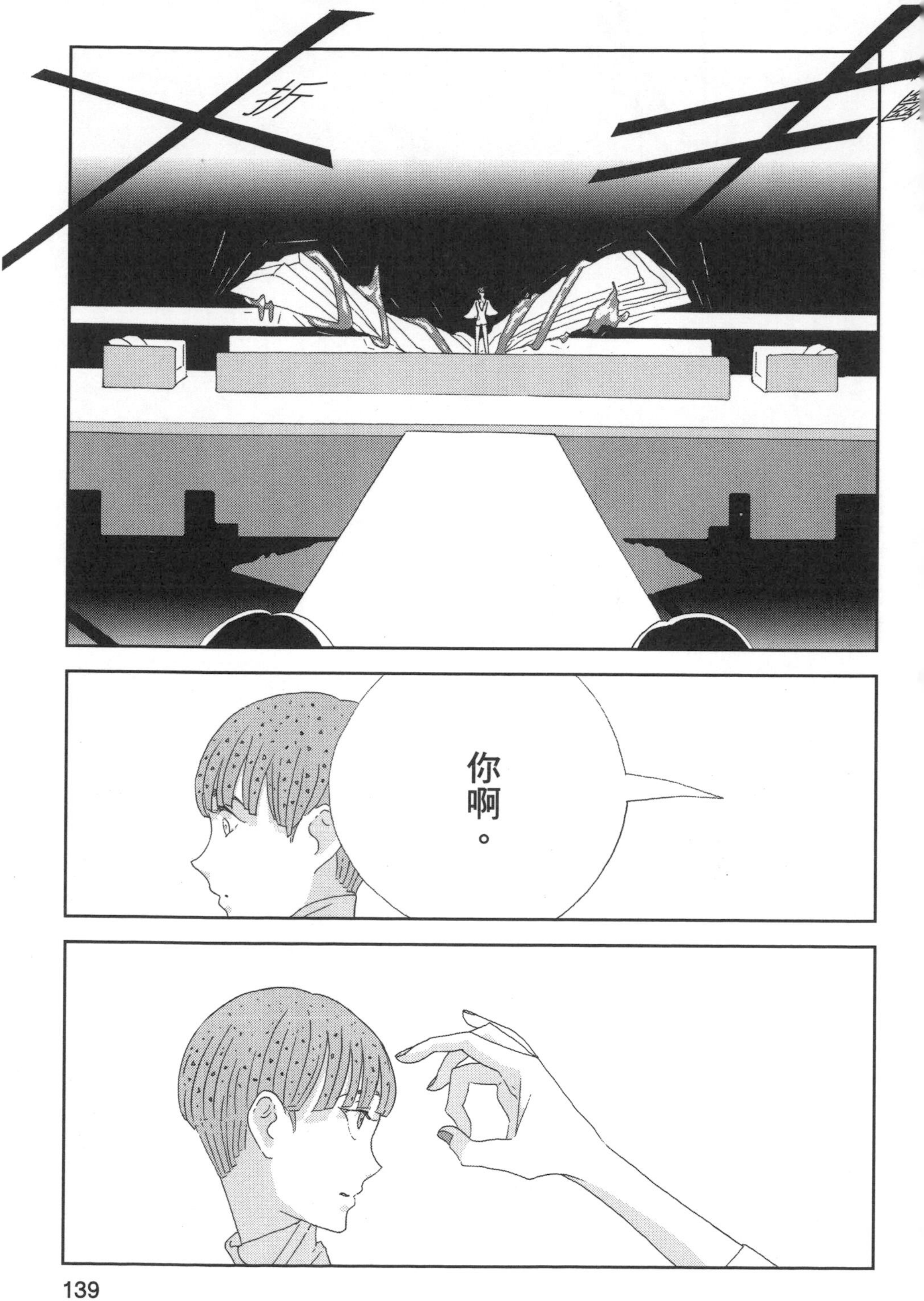
折
你啊。

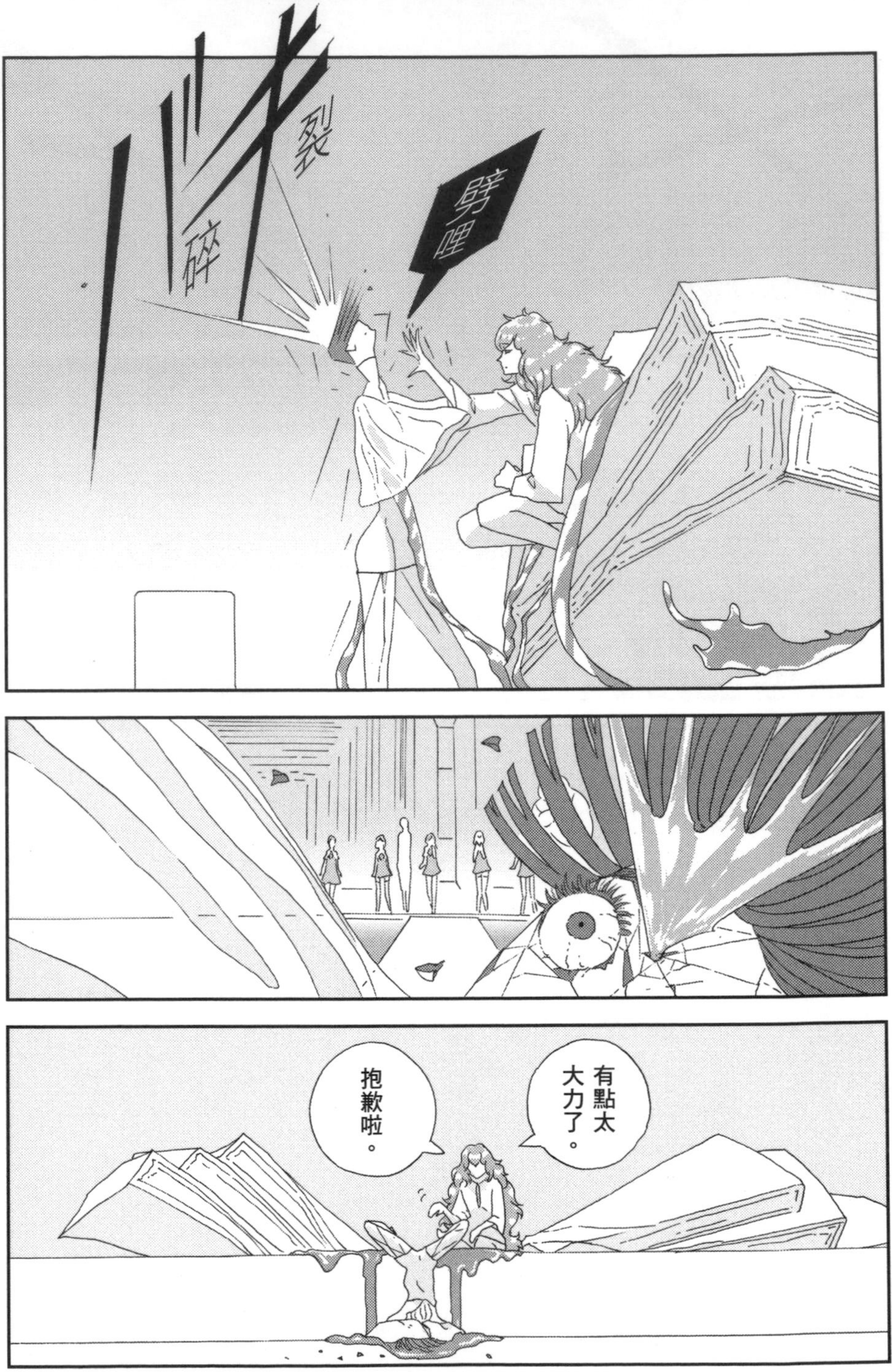
劈哩
裂
碎
有點太大力了。
抱歉啦。

你想讓壞掉的老師祈禱。
對吧？
完全破壞掉的話會怎麼樣？
大家都會變成砂。
沒錯。
你失敗的話，不只是小南，其他全部人都無法恢復。
你希望讓大家都跟你有一樣的感受嗎？
不希望…
所以？
保持冷靜，慎重行事。
就是這麼回事。

你提說，
夜晚時跟黃鑽、我三個人一起回去，是想出其不意對吧。
這作法的前提是那邊的狀況沒有變過。
那邊有誰知道你的目的嗎？
我全部都跟辰砂說了。
藍柱石有察覺。
藍柱嗎……
那他應該已經從辰砂那打聽過了，所有人現在都已經得到一樣的資訊了。
光靠想像來行動太危險了。
必須先叫月人幫我們去探察那邊的情況來跟我們報告。
啊—
腦筋果然清楚。
也就是說又要去跟艾庫美亞交涉了是吧～真討厭啊～好不想見他～
那個。
關於夜襲。
我，不是很想去……
那傢伙給人嚴重的壓迫感太恐怖了……

您若想要傳話給王子，我們可以一起聽聽看。
真的嗎？
好可靠～
這
忽視我？
太扯了……
為了避免與朋友沒必要的戰鬥，必須依賴你的敏捷度。
拜託你囉。
是喔～？
那我還是去吧～
也太好說話
對了，還有啊。
最好帶個可以輔佐你的人去，
以防你像剛剛那樣暴走。
我
我想去
那當然是一如既往的黑～水～晶～囉～

咦？
黑水晶不在耶。
該不會還在睡覺。
你們有看到他在房裡嗎？
黑水晶大人已經換了居住的場所。
嗯？
過了中午好像就待在司圖拉尼卡之館※裡。
什麼？
在這裡。
啊，寶石耶！
真的耶～

※譯註：司圖拉尼卡之館：此處的「館」（メイゾン）原文為法文的Maison，司圖拉尼卡（ストゥラニカ）應來自俄語的Strannika—「流浪者」。

哦。
啊咧？
你把白粉卸掉啦？
啊？
是啊。
那傢伙說這樣比較好。
那傢伙是指？
那傢伙，就是那傢伙啊。
？什麼啊？
對了，話說。

小青的硬度是五吧？
如果他身體復原了，我會還他頭……
這樣啊。
啊，怎麼都行吧？
反正又不是我的。
是嗎？
哈欠
是呀。
還有，這次我回去時，
希望你能擔任我的輔佐…
不要。
就當我求你了，拜託，拜託，拜託啦。
哎唷～又來喔～

不去。
這邊請。
小磷。

帶我來月亮，
多謝你囉。

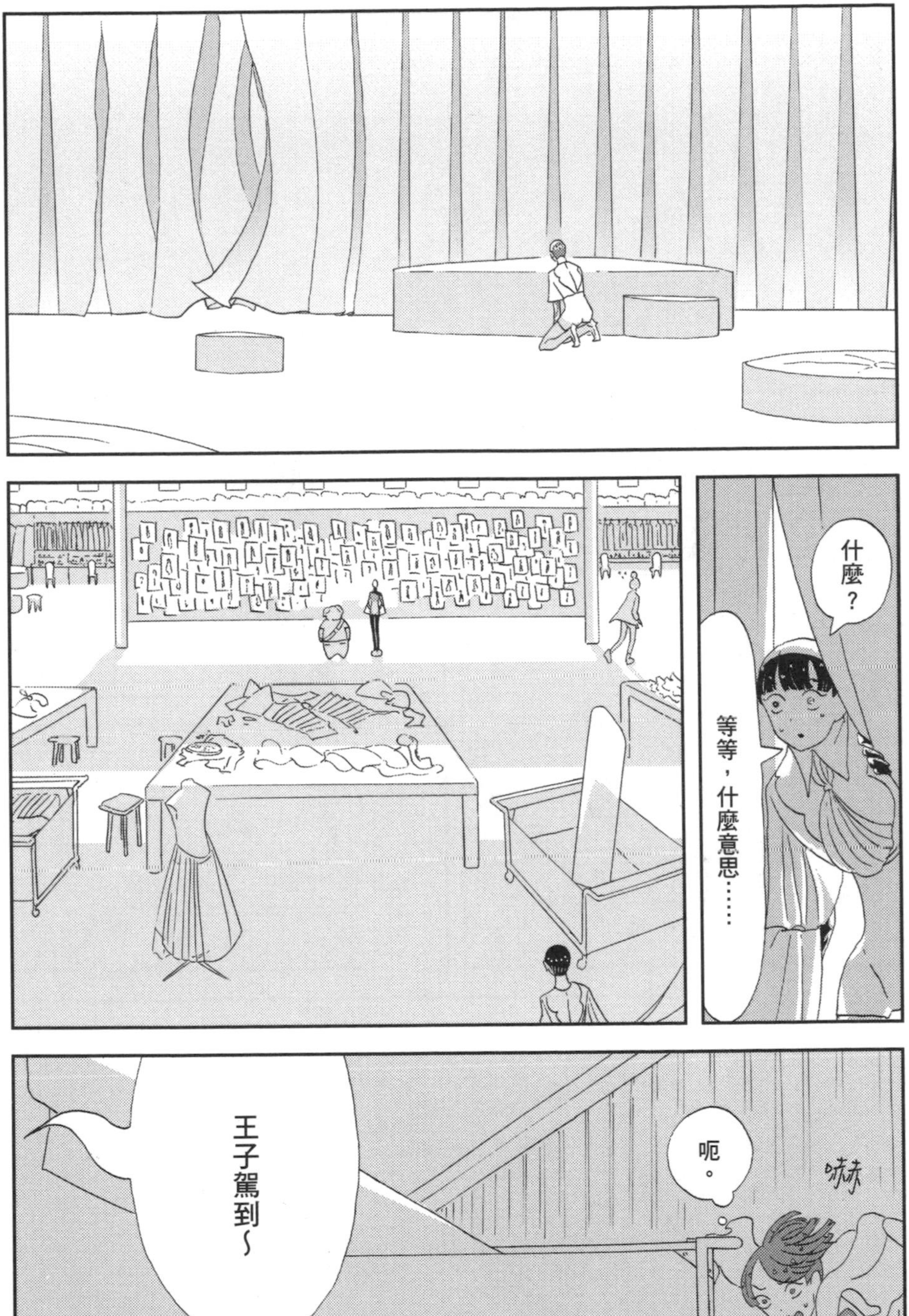
什麼？
等等，什麼意思……
呃。
王子駕到～

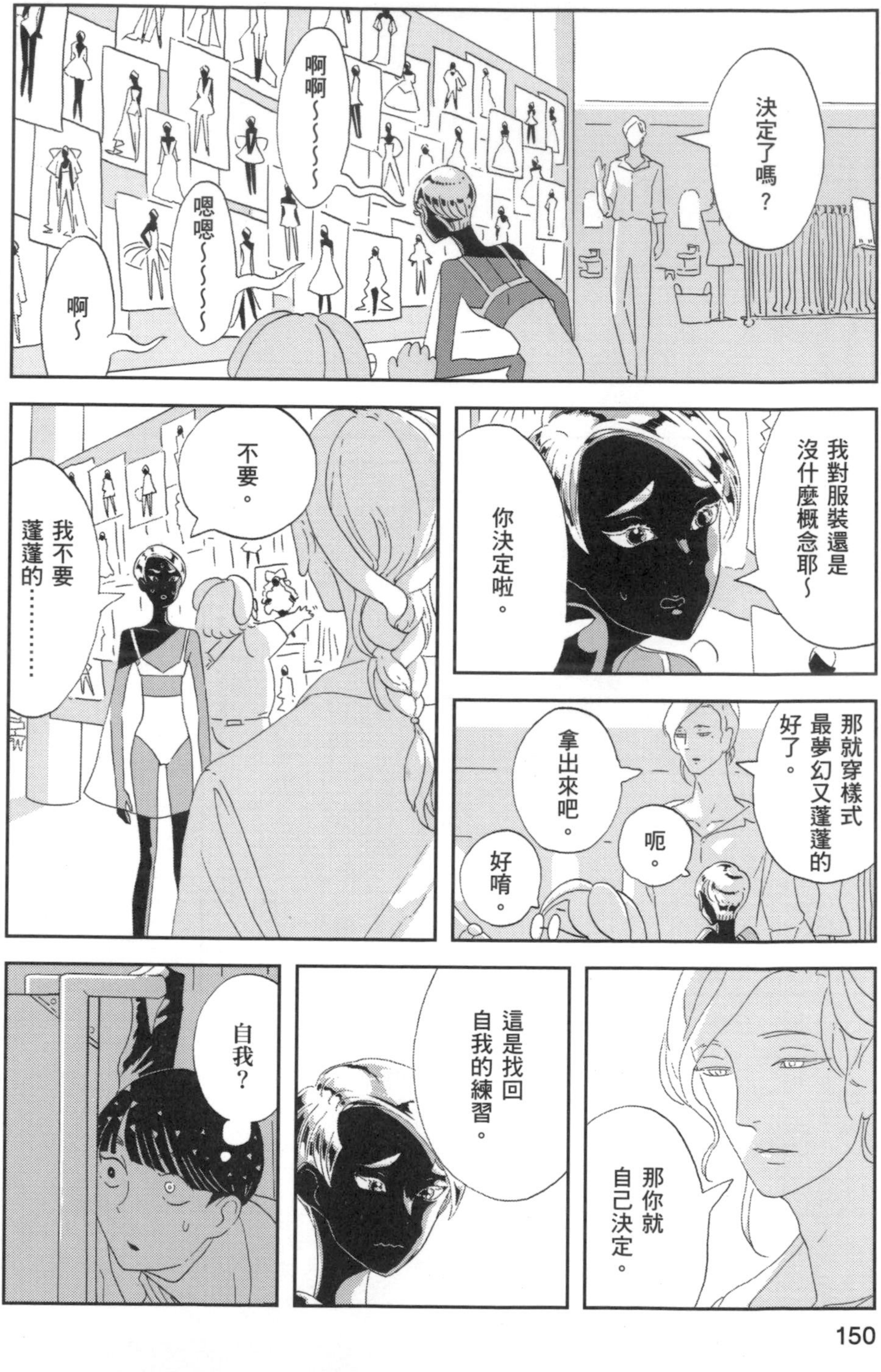
決定了嗎？
啊啊～～～～
嗯嗯～～～～
啊～
我對服裝還是沒什麼概念耶～
你決定啦。
不要。
我不要蓬蓬的……
那就穿樣式最夢幻又蓬蓬的好了。
呃。
拿出來吧。
好唷。
那你就自己決定。
這是找回自我的練習。
自我？

那……
……
就
這個……？
這個呀。
什麼啦!?
你那什麼反應，有意見嗎?!覺得我很好笑是吧！所以我才叫你決定啊！
不。
意外地是你的風格呢。
喀啦
撞到
嗚哇……
哇！
撞
滾動滾動滾動……

哎呀。

第六十九話
不變

你呀，是怎樣？
怎麼還在啊。
啊。
呃。
哼。
哼哼哼哼哼哼。
哼～
這個，是你做的吧？
是！
還不壞唷。
老師～！我～好開心～！

這兩位是服裝設計師。
老師～請您也看看這套
還有這套！
這邊這位是我的專屬設計師，但是他一百年來只幫我做了一件。
自己決定吧，你沒問題的
我庫伊艾塔※啊，
可不是在怠惰啊。
啊早上啦
累死人了～
人要是有無窮無盡的時間，真的會難以決定何時要完成。
而且王子的衣櫥也已經滿了，沒有添新衣的必要。
但是，
這次例外！
王子喜歡上寶石，這是第一次發生啊！
你這不是掀我的底嗎
而且還是個傲嬌的矮子，一切都很新鮮！
你這傢伙才是矮子吧
太美妙了！

※譯註：庫伊艾塔（Quieta）：推測為印度語的「安靜」。此外 Quieta 也是澳洲某種蛾的學名。

那麼我就參考這幅囉。
嗯嗯。
嗯。
OK。
設計得完全不同行嗎？
照你的意思吧。
就那麼辦！
奇麻，工作人員怎麼安排就拜託你啦～
撞到
跳
老師～！
你們七位的新衣服也在準備。
這一位是負責的設計師。
我是司圖拉尼卡的首席設計師，奇麻～※
磷葉石大人還記得我嗎？
呃。
也難怪不記得。
你那時候失去意識了嘛！
嗚
我是奇麻 來幫您做衣服
這次我也會盡一切能力做好衣服！
敬請期待！
啊。
好。
謝謝……
王子，時間到了。

※譯註：奇麻（Cyma）：南美洲與東印度群島某種蛾的學名。

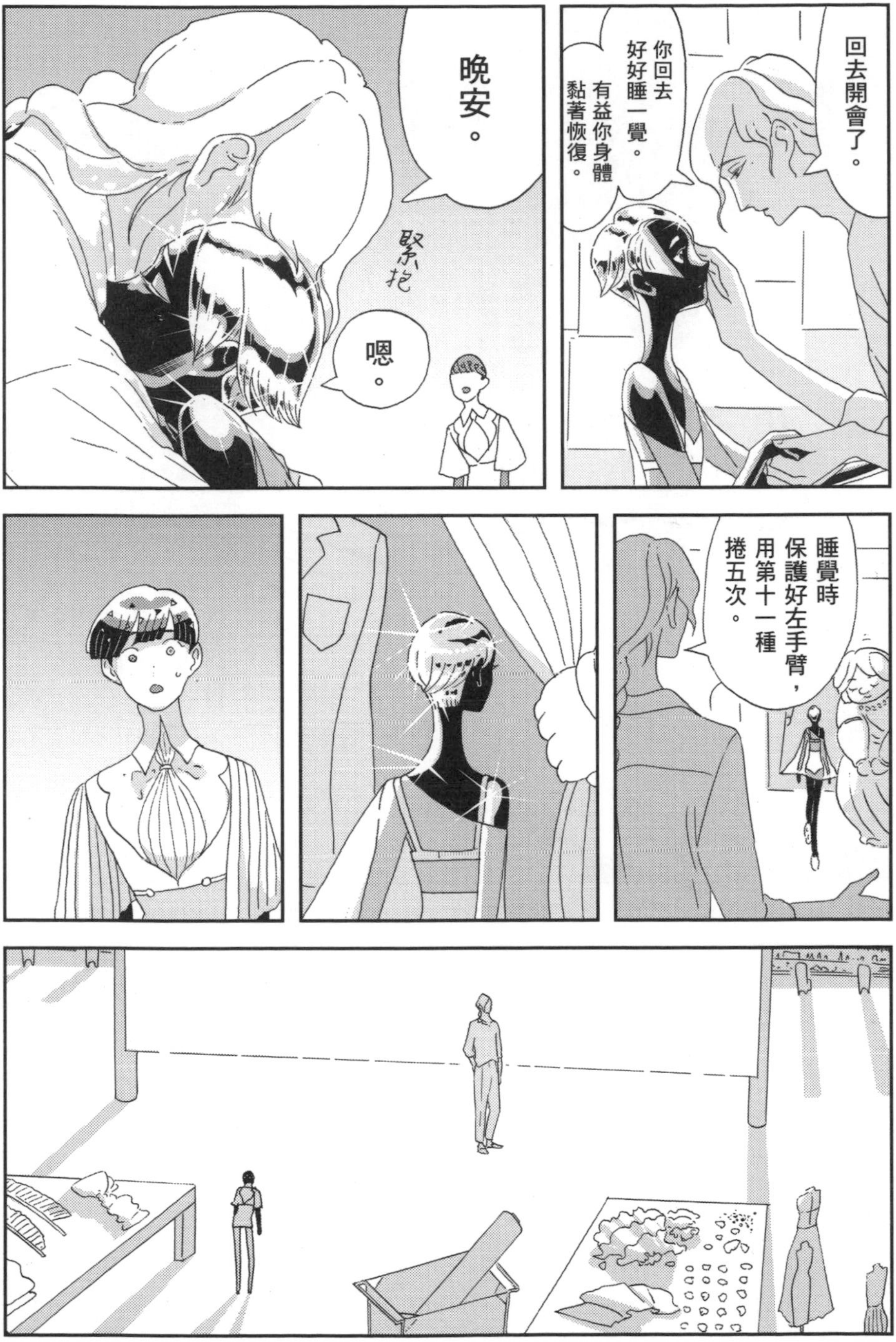
回去開會了。
你回去好好睡一覺。有益你身體黏著恢復。
晚安。
緊抱
嗯。
睡覺時保護好左手臂，用第十一種捲五次。

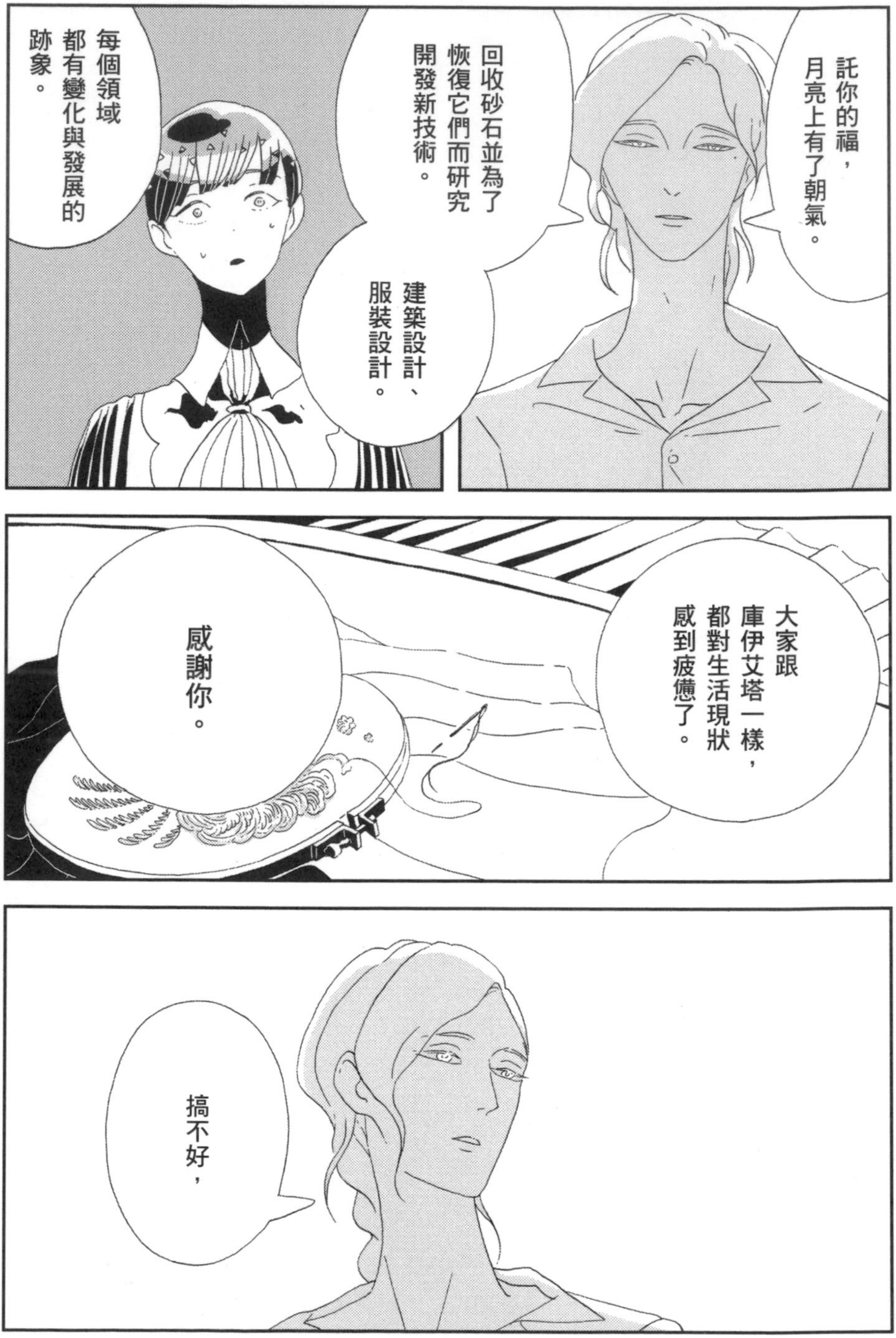
託你的福，月亮上有了朝氣。
回收砂石並為了恢復它們而研究開發新技術。
建築設計、服裝設計。
每個領域都有變化與發展的跡象。
大家跟庫伊艾塔一樣，都對生活現狀感到疲憊了。
感謝你。
搞不好，

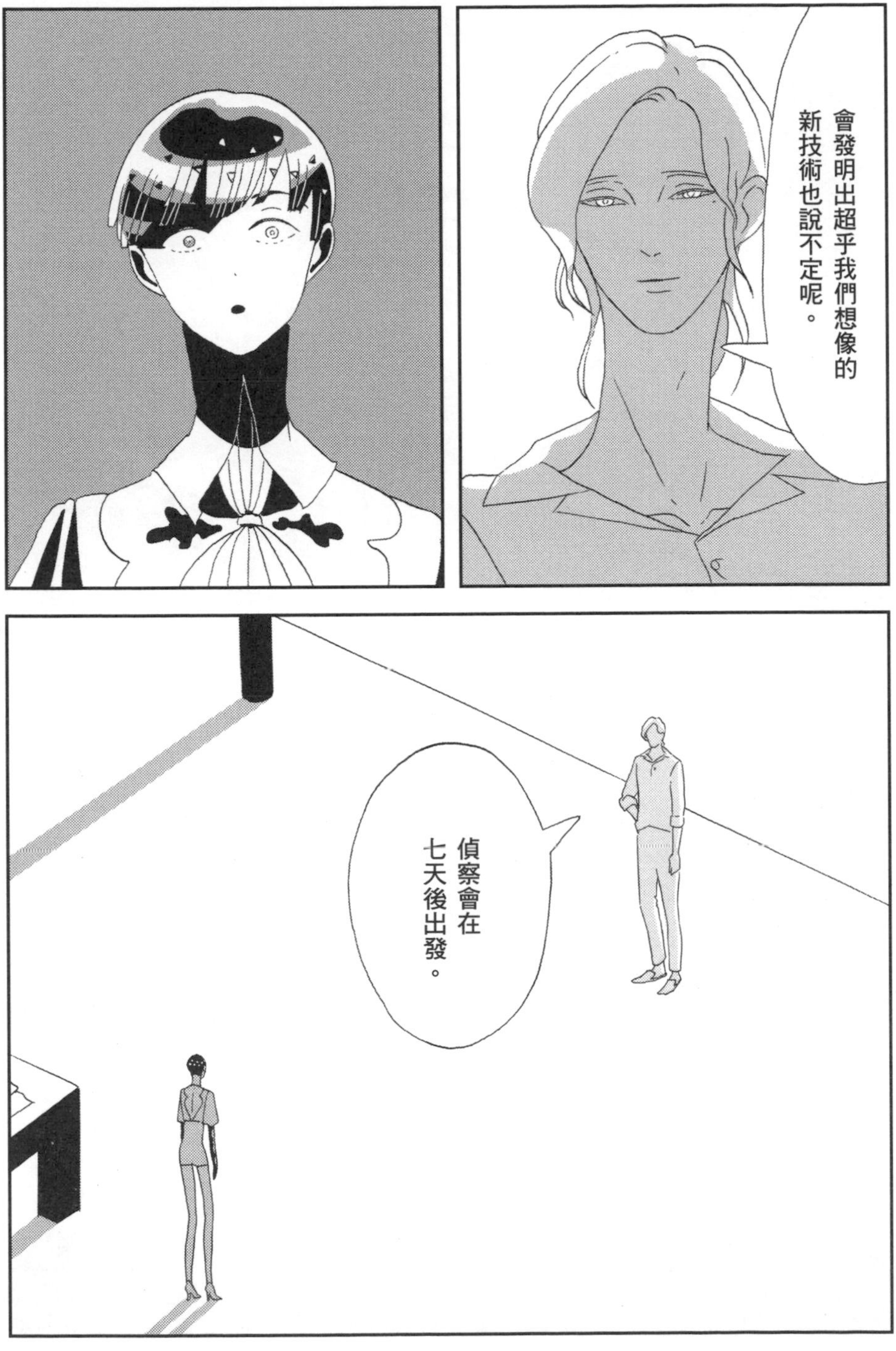
會發明出超乎我們想像的新技術也說不定呢。
偵察會在七天後出發。

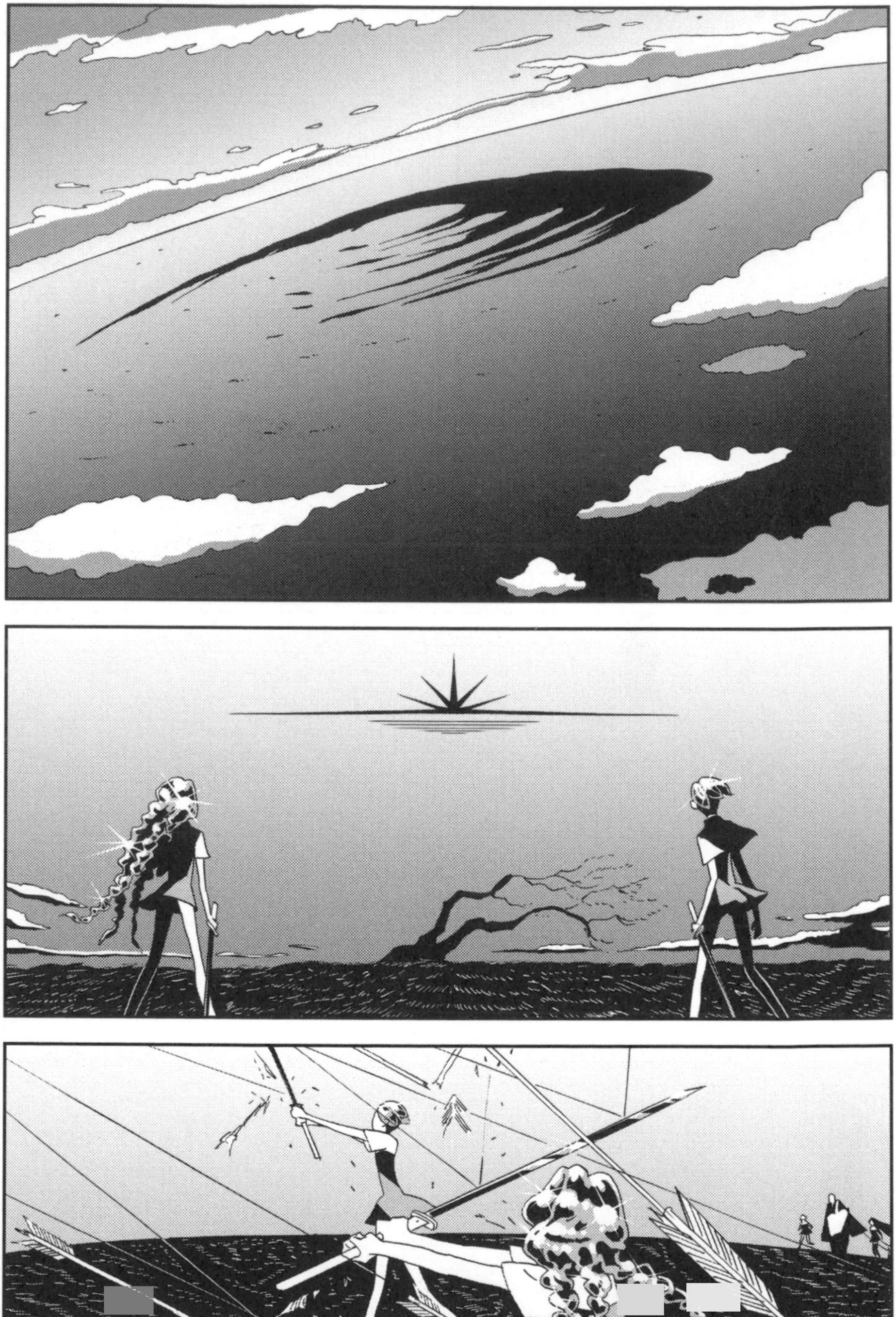

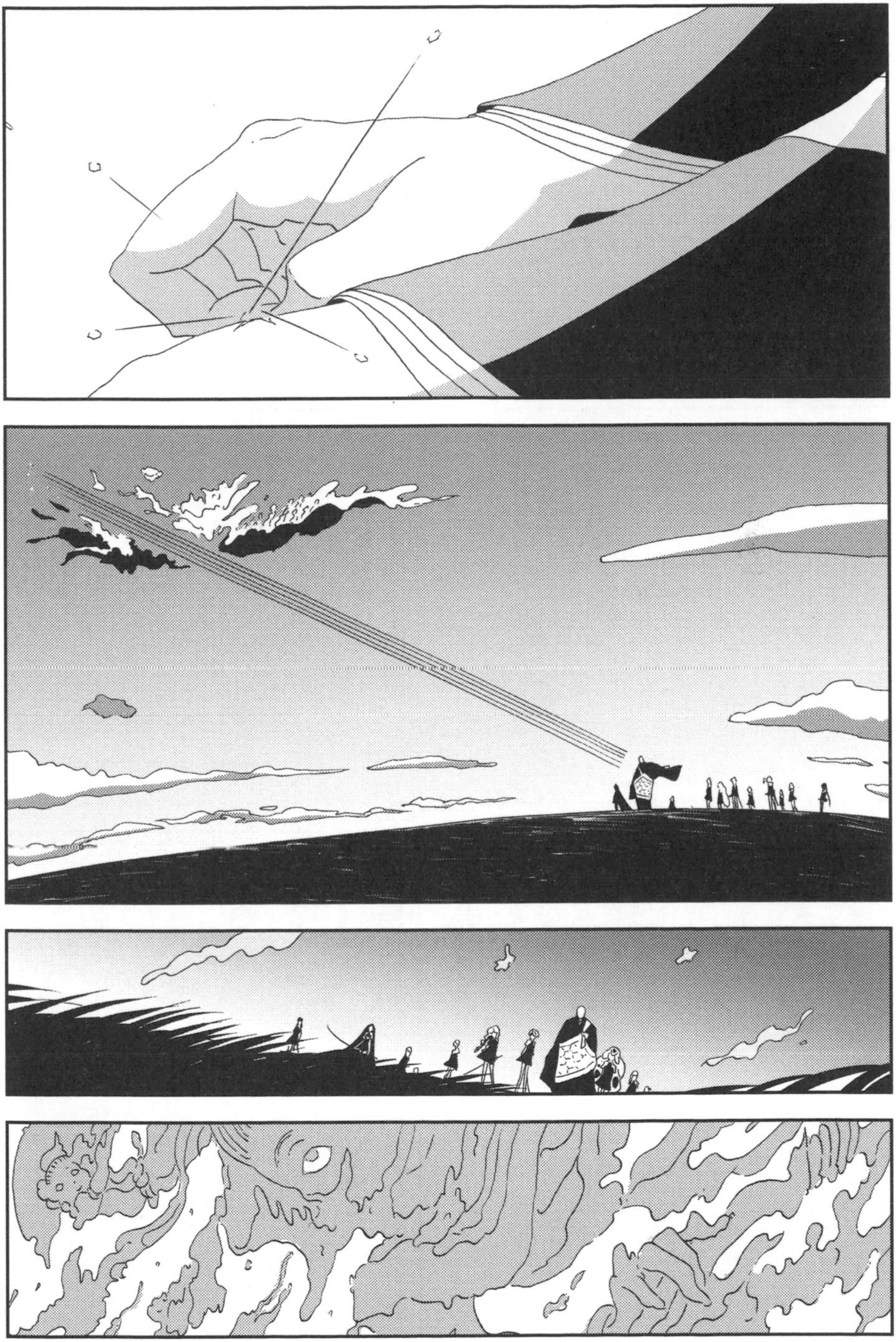

這三十天內去偵察五次，實地調查的結果。
與以前相比，看起來沒有很大的變化，以上是這次的報告。
怎麼可能。
只有一項例外。
說。
那應該是故意的。
我沒辦法讀出老師的想法，但是藍柱的話可能就會這麼做。
他們開始換穿冬服了。
這資訊有沒有都沒差啦。
換衣服嗎？
不是。

總之，
不去一趟
就什麼都不知道。
哎——……
我說啊！
要跟老師戰鬥，
我還是
辦不到啊。
你說要
把老師破壞掉，
那是因為
愛的效能對你
已經沒效了吧？
我還是完全
無法啊。
小磷
全部都是異常的，
不可以跟他相比。
你真敢
講啊
蓮花剛玉！
你這樣好嗎！
是要跟老師
戰鬥耶～
想到就發抖。
我已經覺悟了。
畢竟我受到
小磷的幫忙。
為了讓
小磷的目標達成，
我會付出一切的。
蓮
蓮花剛玉～

對了，黑水晶人呢？
他不是會一起去嗎？
他忙著跟艾庫美亞眉來眼去的……
什麼？
所以不去了……
完全不懂，艾庫美亞哪裡好了？
長相？
那傢伙只有長相好，內心很糟呀。
輪不到你來說。
那也沒輒，人少一點比較好行動。
而且如果沒有一半的人留在這，我們會被懷疑心意變了。
那就我們三個去。
開始準備吧。

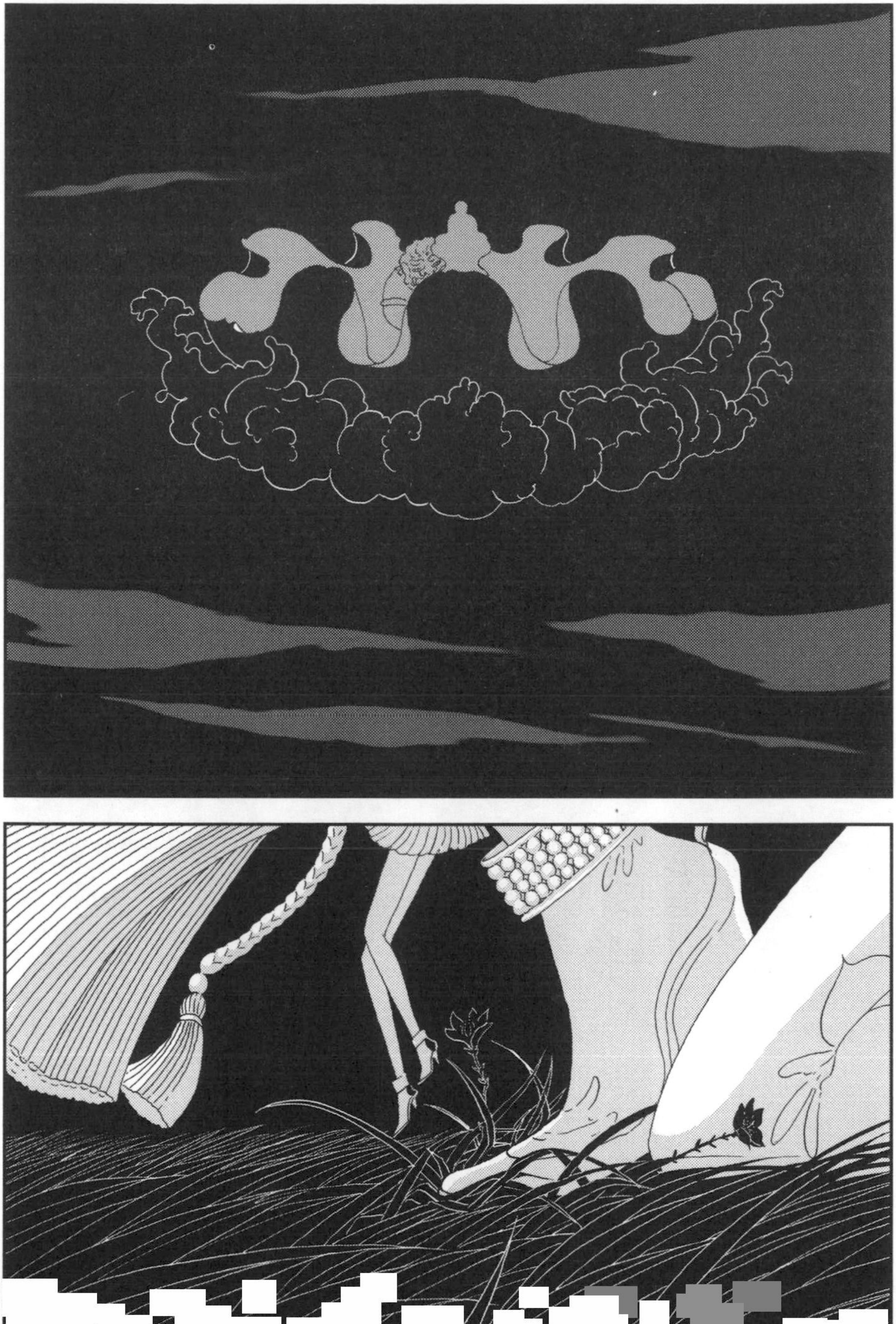

小磷啊～拜託你速戰速決～
我不想跟他們打起來呀～
他們知道了。
哦？

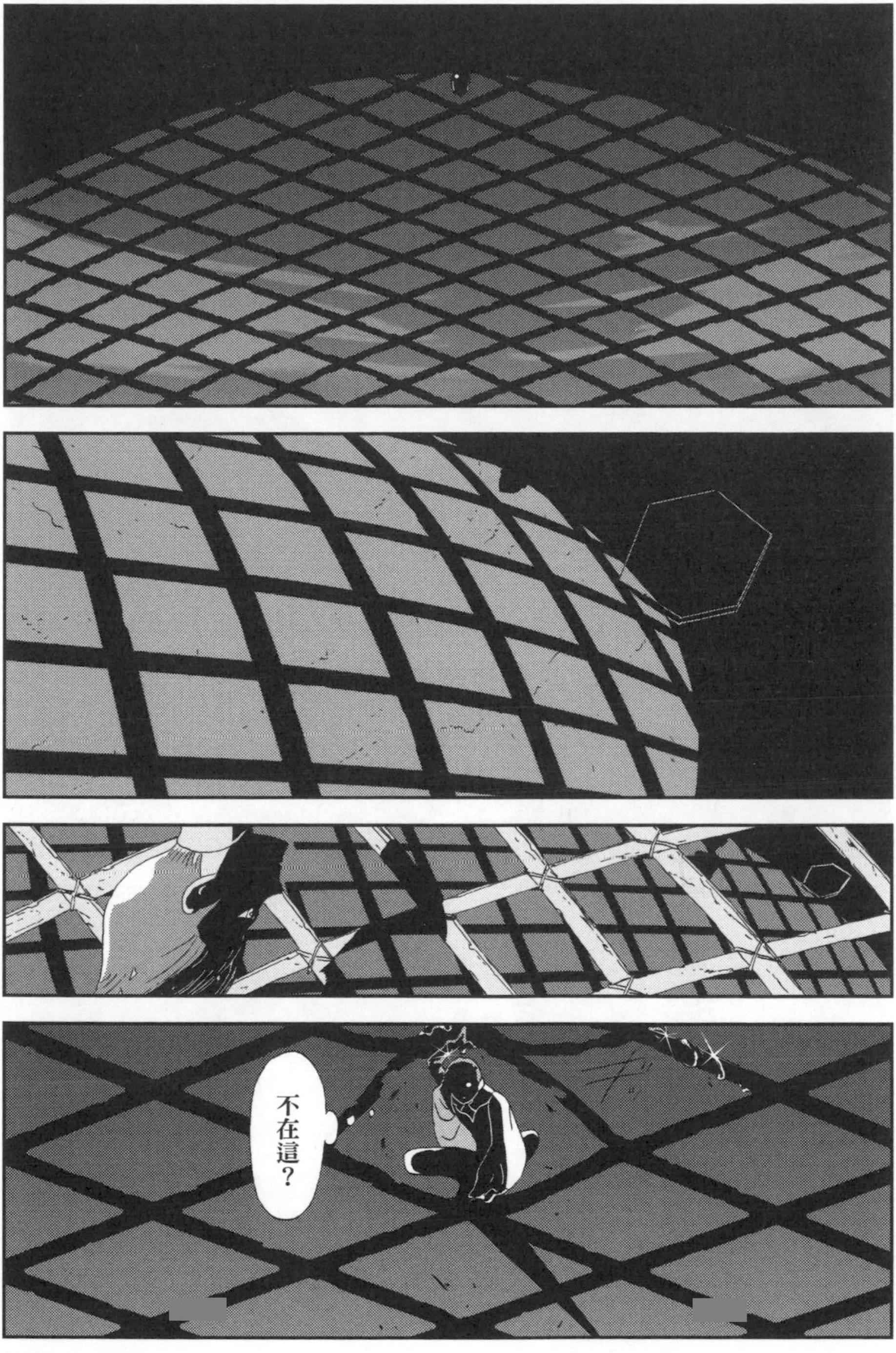
不在這？

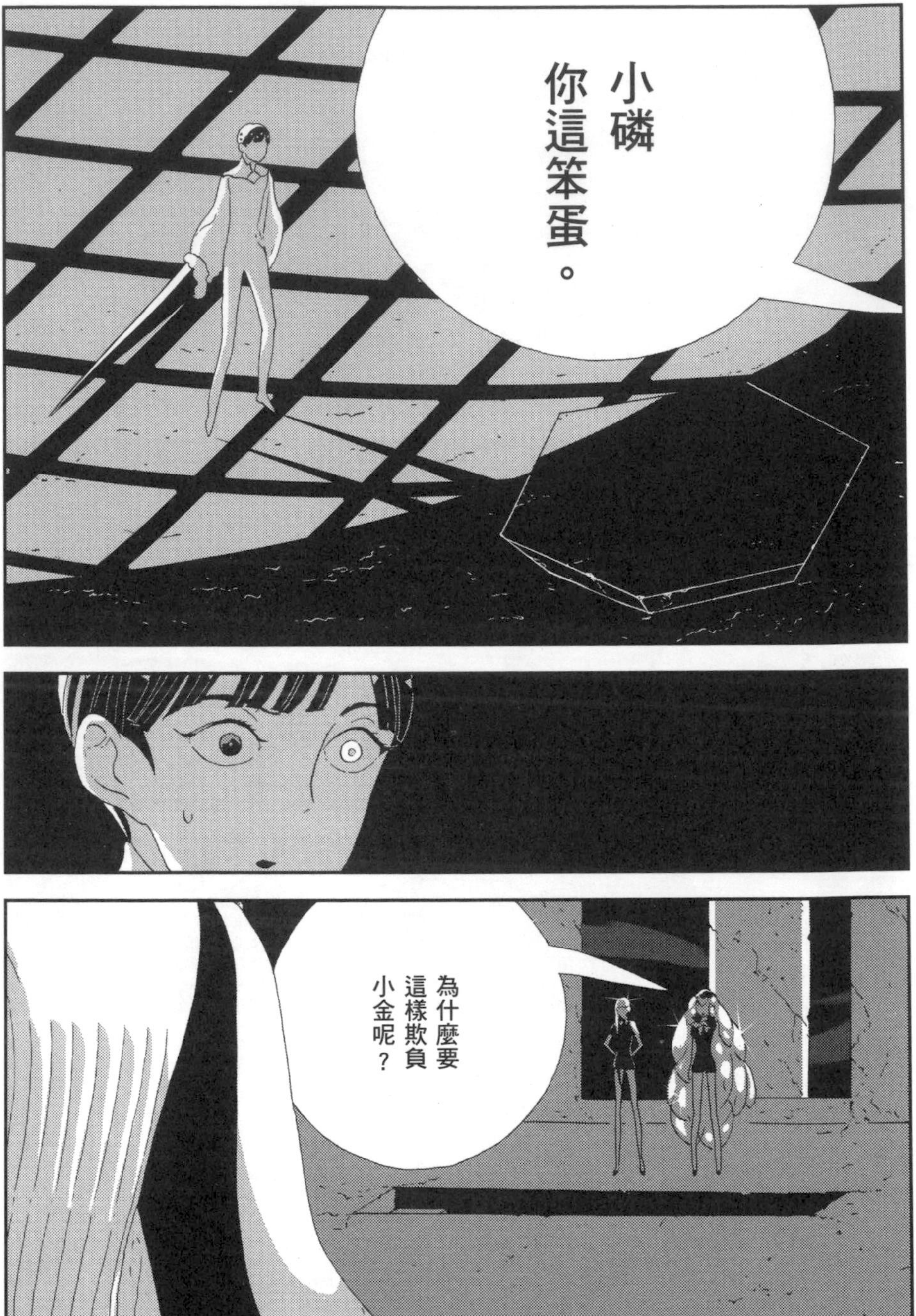
小磷
你這笨蛋。
為什麼要這樣欺負小金呢？

真不敢相信你會忘恩負義！
坦白說啦，你真的是有病耶！
我是為了大家。
老師在哪裡。
你說的「大家」，
是指月人嗎？

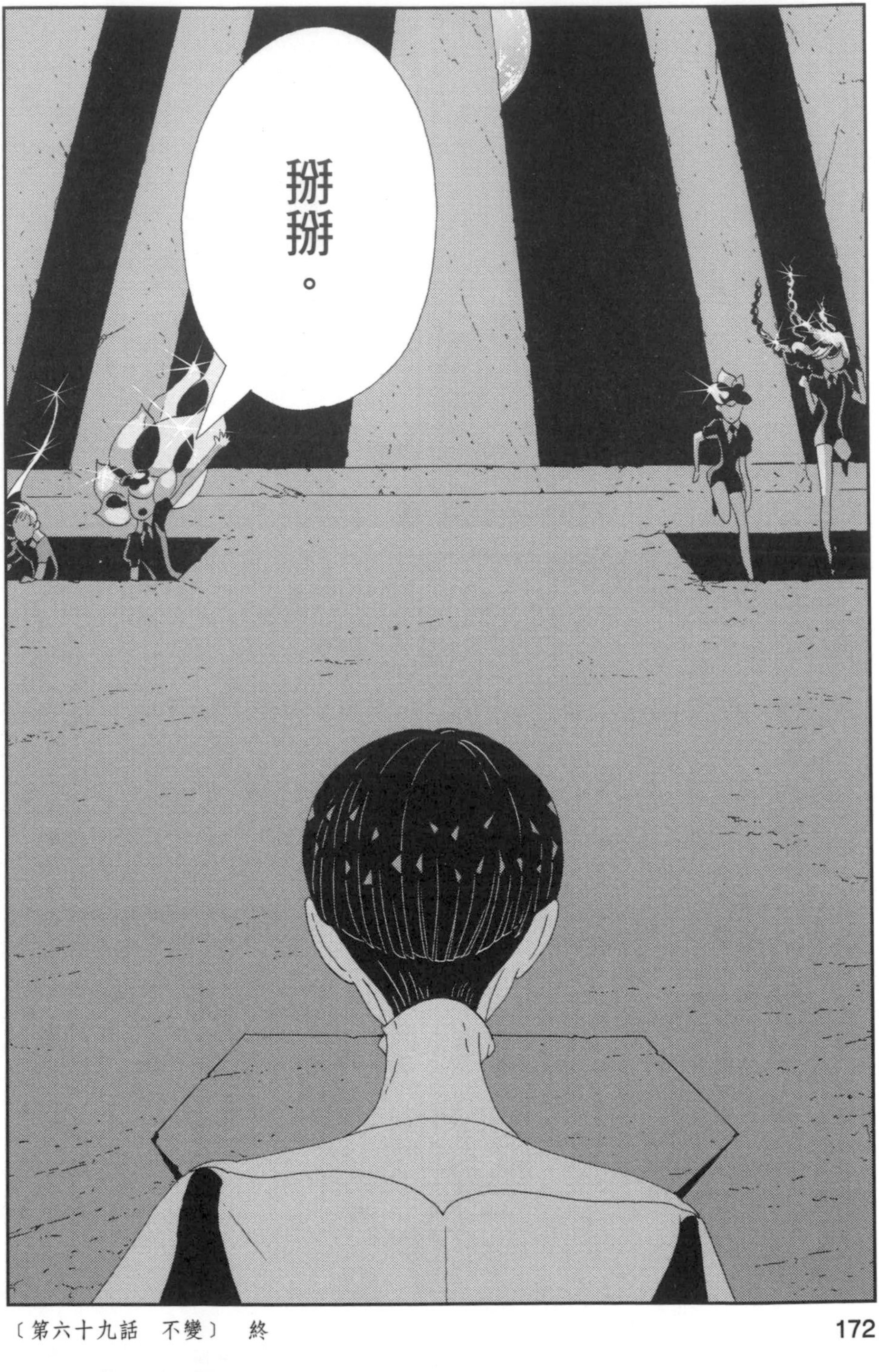

〔第六十九話　不變〕　終

第七十話 未明

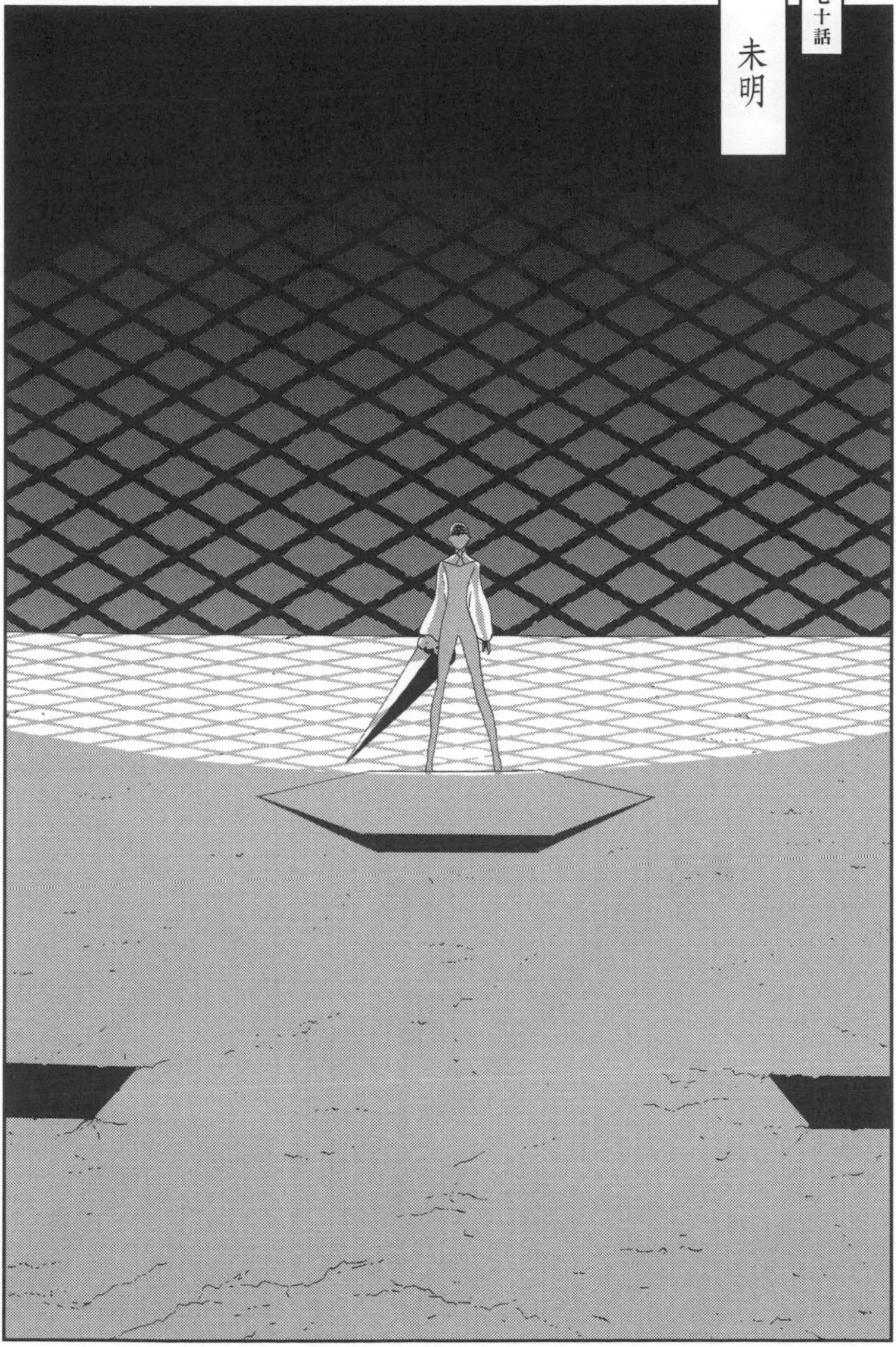

這絕對
是陷阱。
探頭下去的話黑鑽八成就會出來吧？
我知道，要沉著，保持冷靜慎重行事。
嗶哩嗶哩哺嚕
哺嚕嗶哩嗶哩
叭啦叭啦啵嗶啵
嗶磷葉淑濕濕。
笨蛋——
白癡——
遜。
可惡。

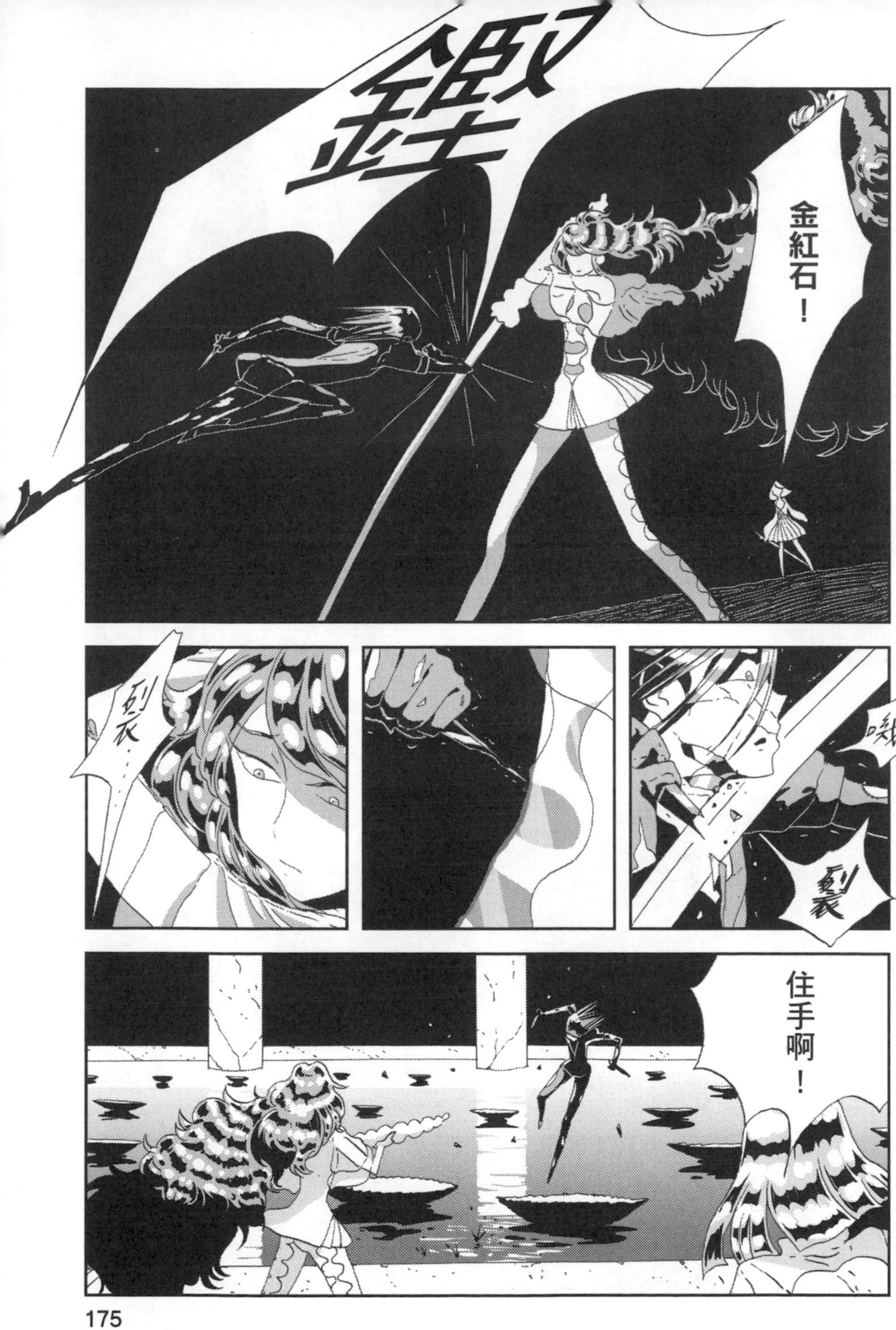
鏗
金紅石！
剁衣……
嘰
剁衣
住手啊！

蓮花剛玉醒了啊！
這樣不就好了嗎!?
喂！
嘰
我的…

黃鑽……
等等等，不是不是！
我只是想知道被帶走的同伴們怎麼樣了！

蓮花剛玉！這樣太過火了吧。
老師在哪？!

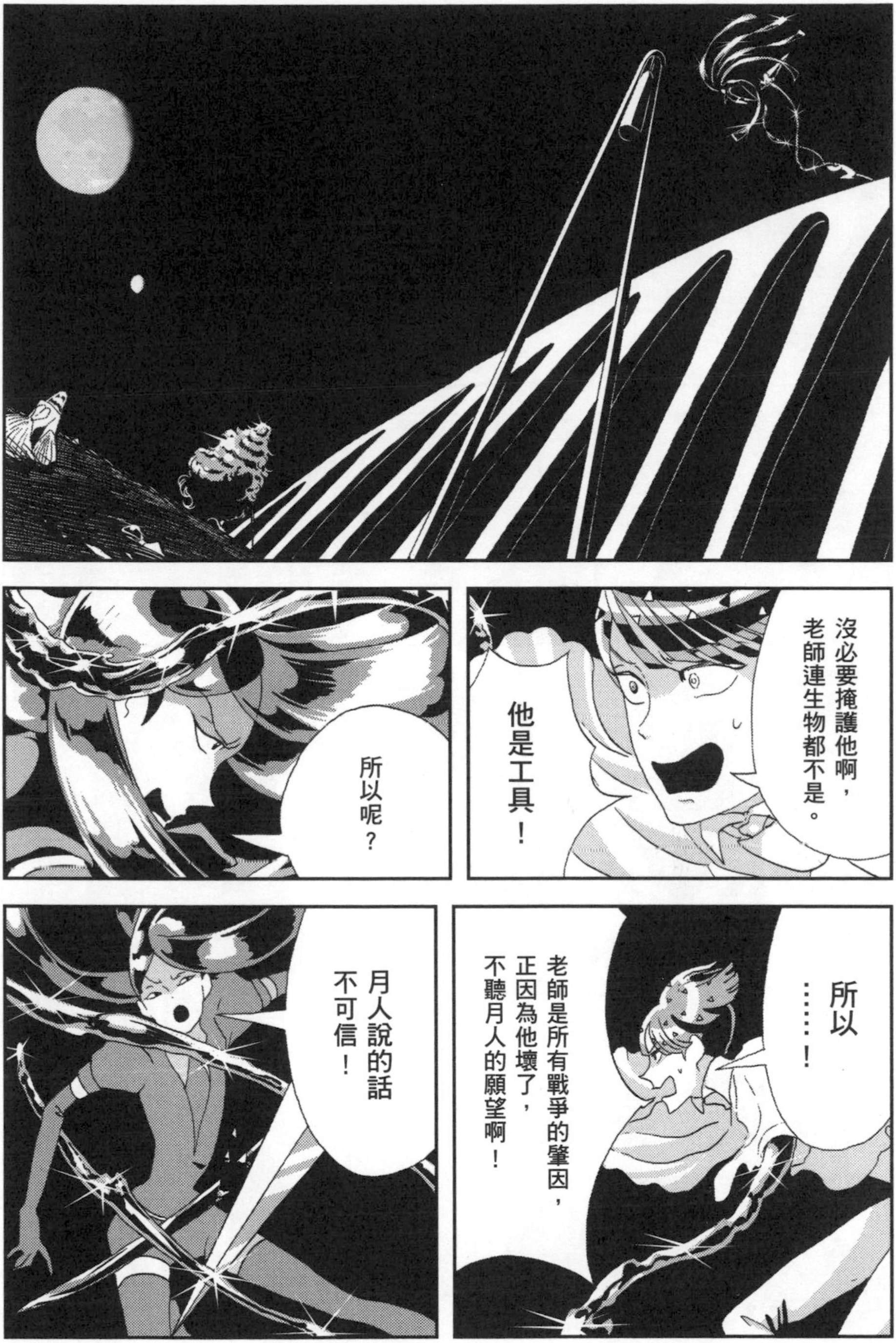
沒必要掩護他啊，
老師連生物都不是。
他是工具！
所以呢？
所以……！
老師是所有戰爭的肇因，
正因為他壞了，
不聽月人的願望啊！
月人說的話
不可信！

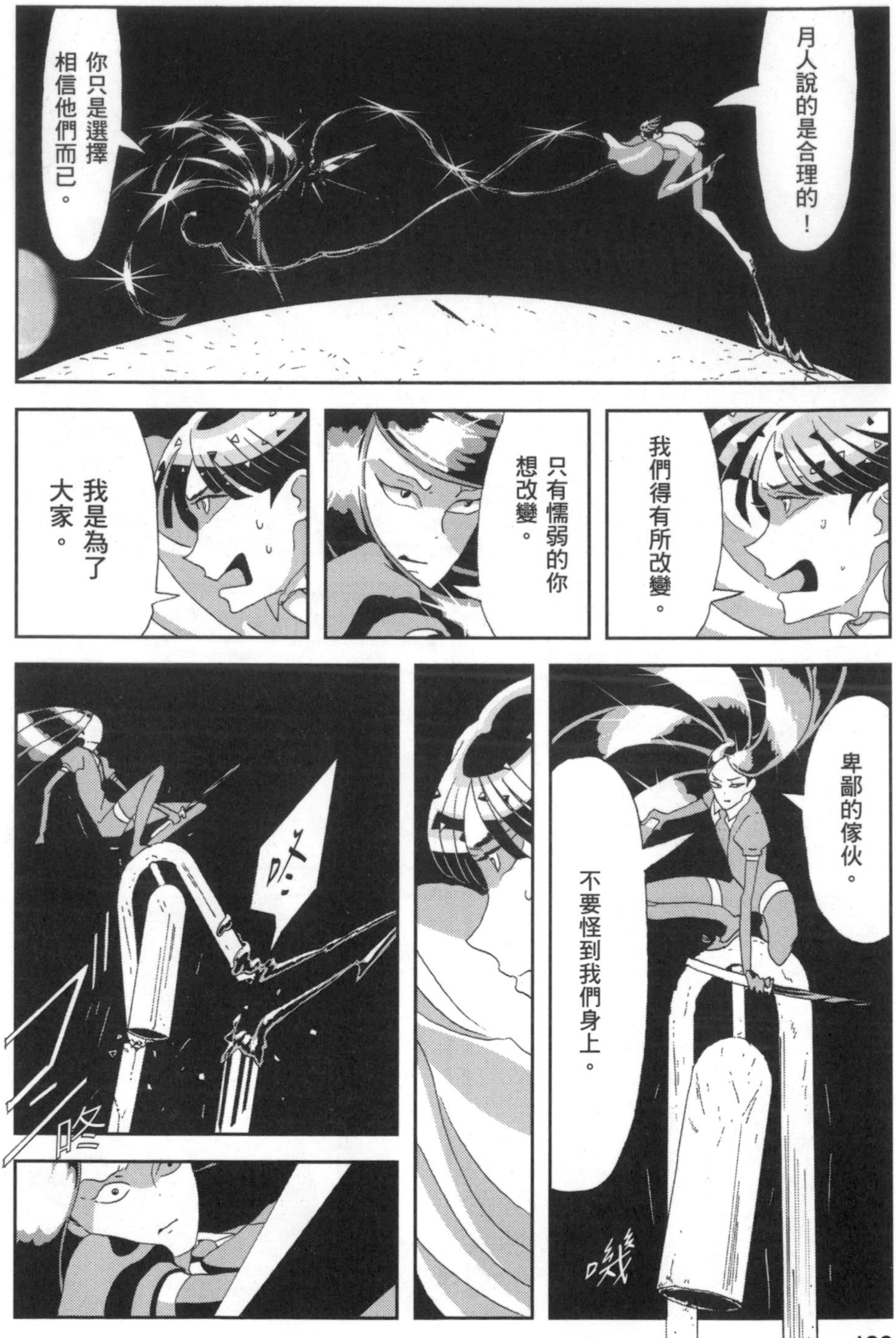
月人說的是合理的！
你只是選擇相信他們而已。
我們得有所改變。
只有懦弱的你想改變。
我是為了大家。
卑鄙的傢伙。
不要怪到我們身上。
嘰
咚
咚

喀
斷
你看！
就算你被傷到這種程度，老師還是不出來！
就是這樣！
他不是生命！
裂
咚

穿過

蓮花剛……

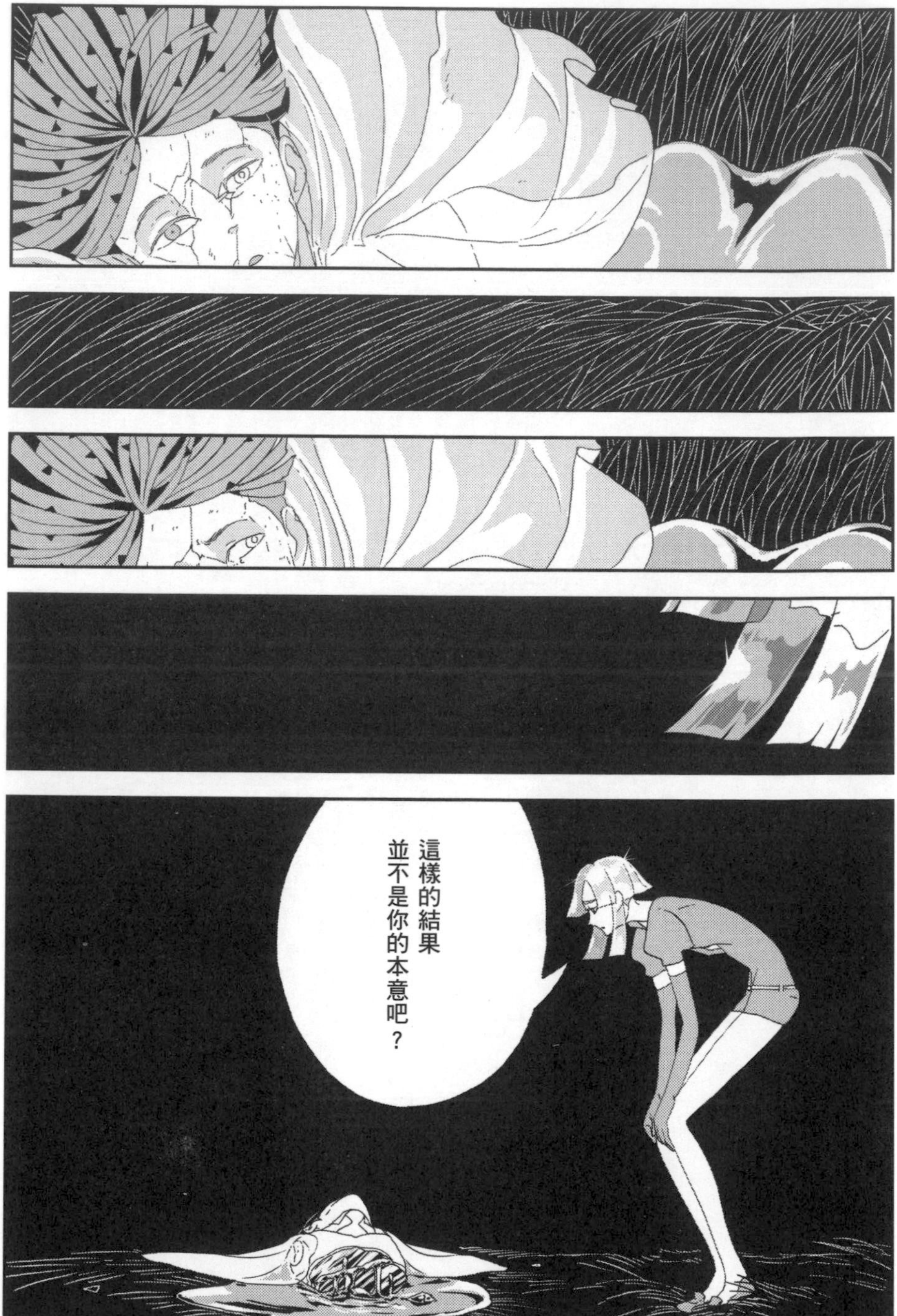
這樣的結果
並不是你的本意吧？

不漏失任何一個人
來繼續向前進的方法，
我們一起想吧。
已經
回不來了。
五以下的終究回不來了。
包括我。
我們的未來
必須有你呀。

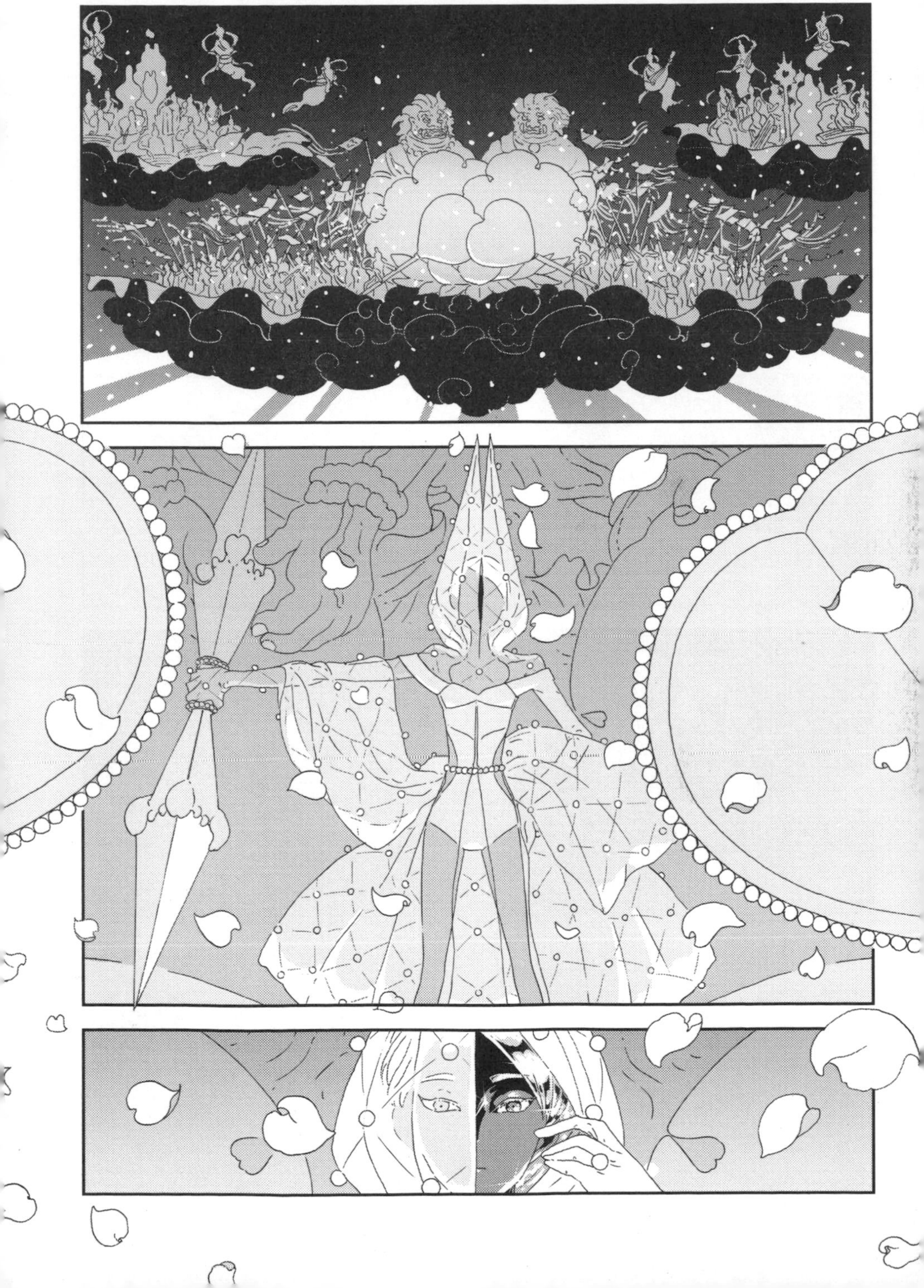

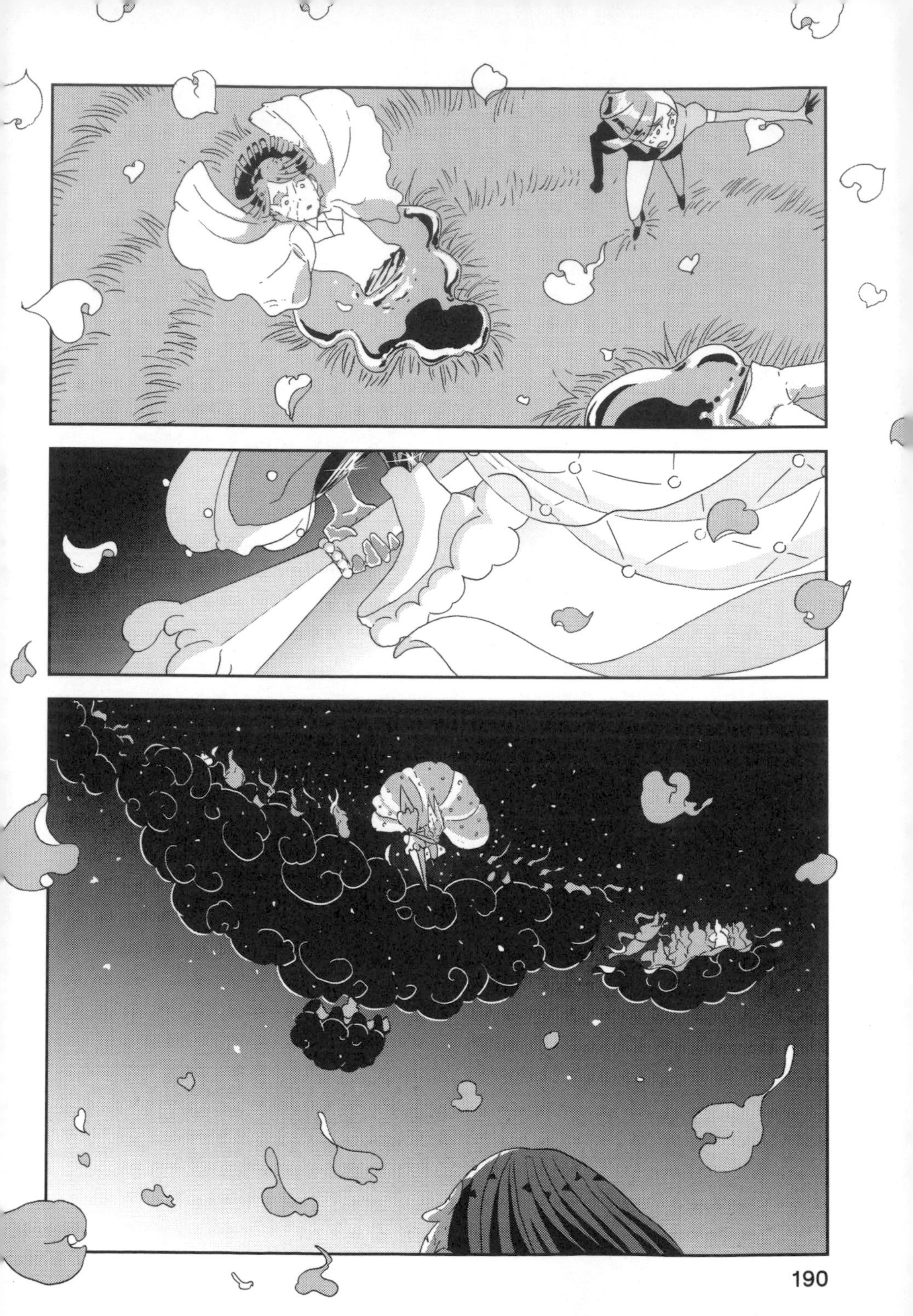

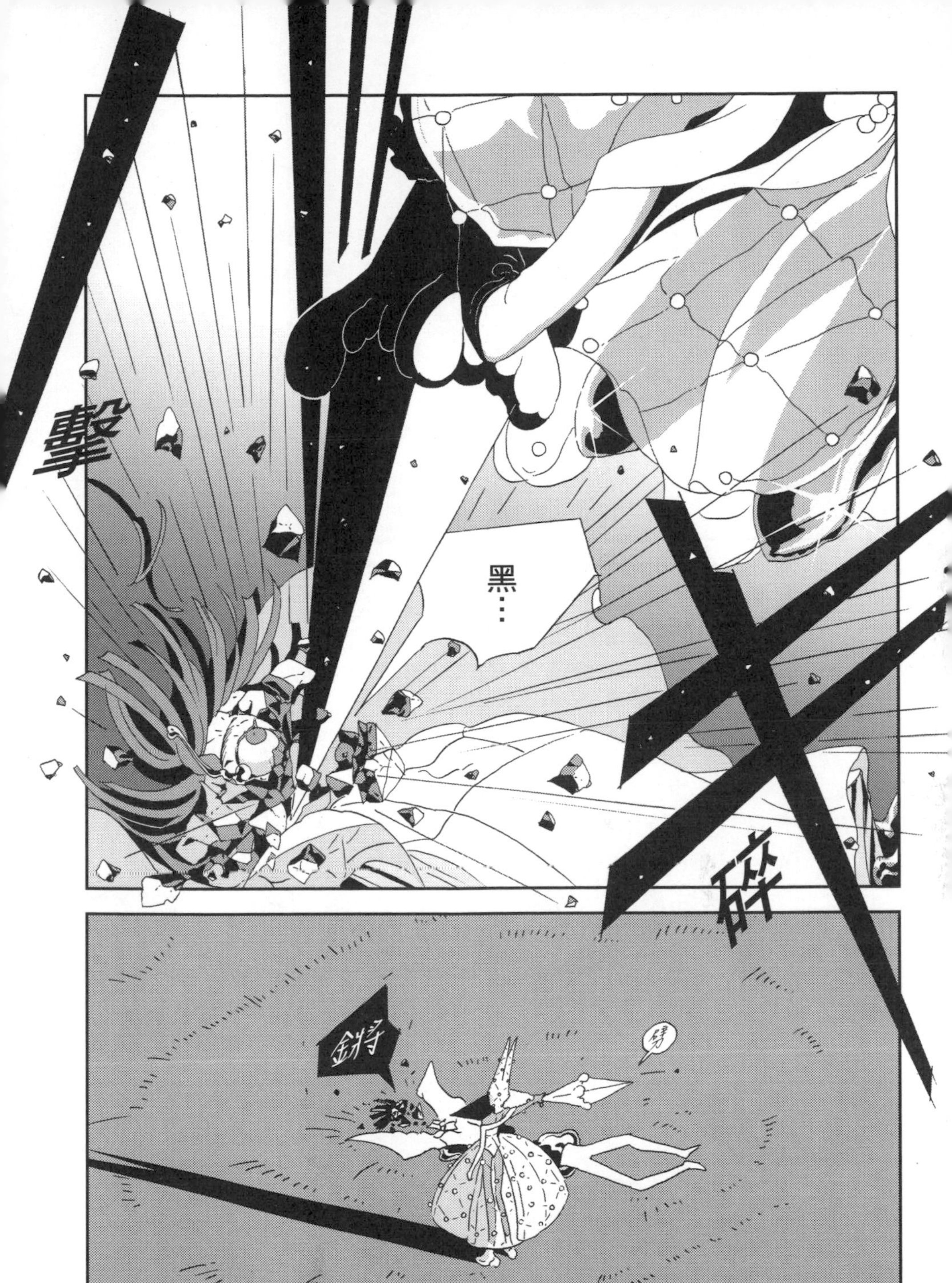
擊
黑…
碎
鏘

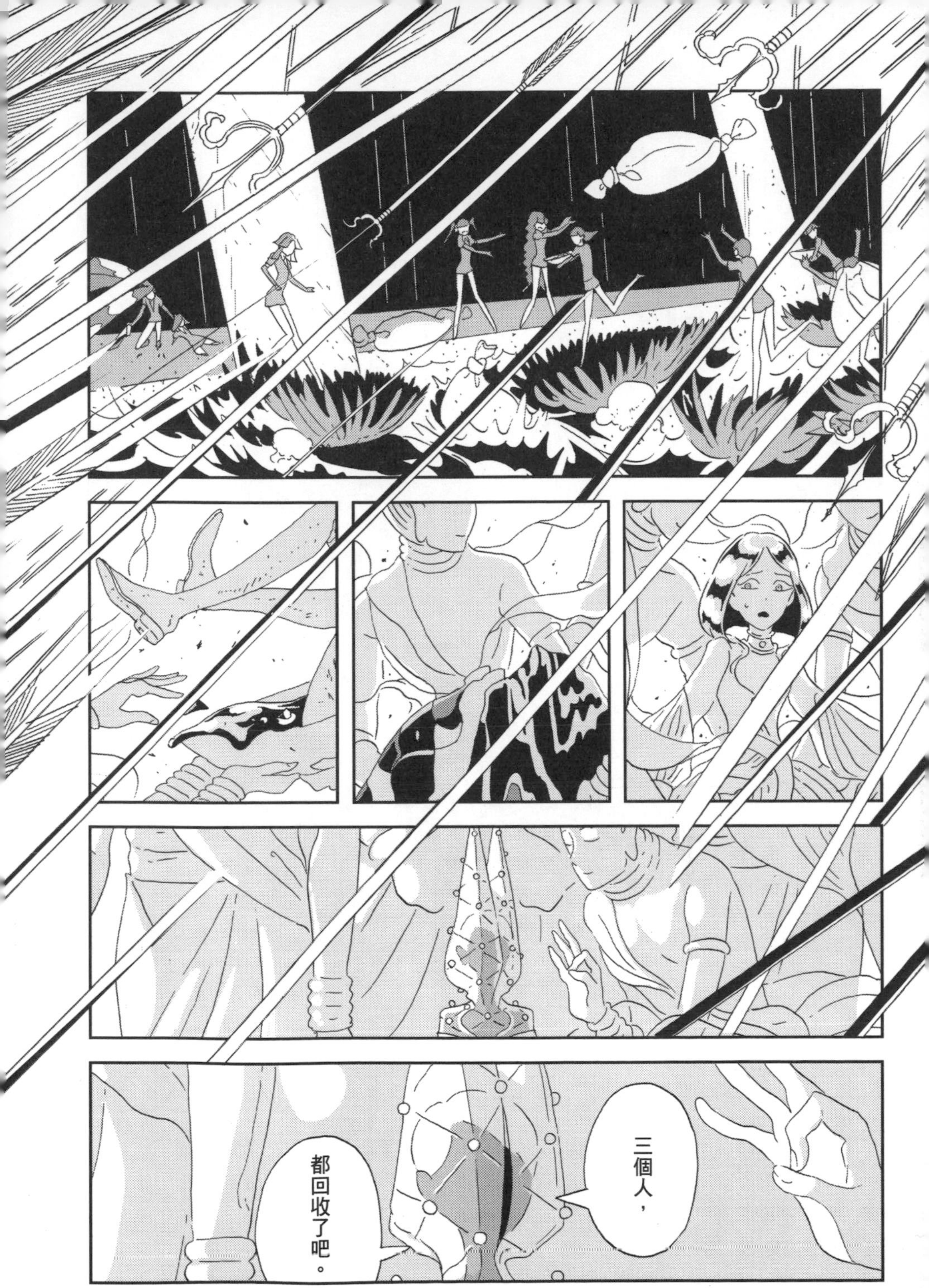
三個人，
都回收了吧。

〔第七十話　未明〕　終

工具之國
小金的體內是什麼樣子呢？
是什麼顏色啊？透明的嗎？
細節我沒辦法回答，但是有透明感。
小金對他來說門檻太高了。
就從金剛開始叫怎麼樣？
年輕人應對切換得真快吶～
立刻改小金，我實在叫不下去……
又來這招～～!?
好神秘唷你～～
哇嗚
哇嗚
啊哈哈……
金剛。
不是跟我說啦。
有了有了，即使年輕也沒辦法的。
小師剛。
看來還得花點時間囉。
完結！

ISBN 978-986-235-797-2

售價： 420 元

本書如有缺頁、破損、倒裝，請寄回更換

PaperFilm FC2044G

宝石之国9 特裝版

2020年1月　一版一刷

作　　者／市川春子
譯　　者／謝仲庭
責任編輯／謝至平
行銷企劃／陳彩玉、薛綸、陳紫晴
中文版裝幀設計／馮議徹
排　　版／漾格科技股份有限公司
編輯總監／劉麗真
總 經 理／陳逸瑛
發 行 人／凃玉雲
出　　版／臉譜出版
城邦文化事業股份有限公司
台北市民生東路二段141號5樓
電話：886-2-25007696　傳真：886-2-25001952
發　　行／英屬蓋曼群島商家庭傳媒股份有限公司城邦分公司
台北市中山區民生東路二段141號11樓
客服專線：02-25007718；25007719
24小時傳真專線：02-25001990；25001991
服務時間：週一至週五上午09:30-12:00；下午13:30-17:00
劃撥帳號：19863813　戶名：書虫股份有限公司
讀者服務信箱：service@readingclub.com.tw
城邦網址：http://www.cite.com.tw
香港發行所／城邦（香港）出版集團有限公司
香港灣仔駱克道193號東超商業中心1樓
電話：852-25086231　傳真：852-25789337
新馬發行所／城邦（新、馬）出版集團
Cite（M）Sdn. Bhd.（458372U）
41-3, Jalan Radin Anum, Bandar Baru Sri Petaling,
57000 Kuala Lumpur, Malaysia.
電話：603-90563833　傳真：603-90576622
電子信箱：services@cite.my

作者／市川春子
以投稿作《蟲與歌》（虫と歌）榮獲Afternoon　2006年夏天四季大賞後，以《星之戀人》（星の恋人）出道。首部作品集《蟲與歌　市川春子作品集》獲得第十四屆手塚治虫文化賞新生賞，第二部作品《二十五點的休假　市川春子作品集2》（25時のバカンス 市川春子作品集 2）獲得漫畫大賞2012第五名。《寶石之國》是她首部長篇連載作品。

譯者／謝仲庭
音樂工作者、吉他教師、翻譯。熱愛音樂、書本、堆砌文字及轉化語言。譯有《悠悠哉哉》、《攻殼機動隊1.5》等。